いまこそガーシュウィン

中山七里

宝島社

Now is the time Gershwin

Nakayama Shichiri

Contents

いまこそガーシュウィン

装画　北澤平祐
装幀　高柳雅人

I

soffocate stretto《ソッフォカート　ストレット》

〜息をつめて緊迫して〜

1

第一打は鍵盤を愛撫《あいぶ》するようなタッチだった。

陰鬱で単調なメロディ。傍《はた》からは指一本で弾けそうにも思えるだろうが孤独感の表現が難しい。鍵盤を弾《はじ》きながら、エドワード・オルソンは指先に全神経を集中させる。

ガーシュウィン作曲、前奏曲第2番嬰《えい》ハ短調。

四分ほどの小曲だが、だからこそ一瞬も気を緩めたくない。集中力の持続にはうってつけの曲なので、長い練習の前には必ずこの曲で指慣らしをすると決めている。

単調なメロディは舗道を一人で歩いているイメージを喚起させる。しかし、ただ歩いているのではなく、左手の同一パターンの上に乗る旋律はジャズのアドリブを思わせる。いや、リズムだけに留《とど》まらず、展開の仕方もクラシックよりはジャズ風に聞こえる。

ジョージ・ガーシュウィンはエドワードお気に入りの作曲家だ。ニューヨークはブルックリン生まれ。親が兄アイラの音楽教育のためにピアノを買ったものの文学者肌のアイラは馴染《なじ》めず、弟のジョージが演奏に取りつかれたというエピソードはとても他人事とは思えない。

作詞家となった兄と組んで、ジョージはレヴューやミュージカル向けに多くのポピュラー・

ソングを送り出した。その他、クラシック関連では管弦楽曲を七曲、室内楽曲を二曲、ピアノ曲を十曲、歌曲は五百曲も作っている。その数少ないピアノ曲の一つがこの前奏曲だった。

俄《にわか》にテンポが上がる。まるでステップを踏んでいるようなテンポは、やはりこの曲がクラシックよりはジャズの色合いが濃いことを示している。弾いていると、同じ旋律の繰り返しでも自然に踊り出したくなる。

いったん音を下げていく。消え入りそうで消えないメロディ。弱音であっても聴衆の耳に届けるには熟練のテクニックが必要だ。エドワードは微弱なpianississimo《ピアニッシシモ》が残響音に引き継がれるのを耳で確かめながら鍵盤を静かに沈めていく。

その時だった。

「Black Lives Matter!」

「Black Lives Matter!」

「Black Lives Matter!」

窓の外からシュプレヒコールが聞こえてきた。この部屋はピアノ練習専用として防音処理を施してある。それにも拘《かか》わらず聞こえてくるのだから、表は相当な騒ぎに違いない。

何てことだ。

エドワードは気を取り直し、再び神経を集中させる。

快活なテンポに転調し、ユーモラスにリズムを刻めば、よりジャズの曲調に近づいていく。ポピュラーミュージックで言われるリフを効果的に発揮する部分だ。この辺りはジャズやブルースといった現代音楽を多く手掛けてきたガーシュウィンの面目躍如といったところだろう。

しかし、どれほど陽気なリズムであっても、通奏低音には陰鬱さがある。それを忘れてしまったのではこの曲の魅力が半減してしまう。

評伝によればガーシュウィンは陽気で活発な性格だったらしい。それは創出された作品にも色濃く投影されているが、陽気さは陰気さに下支えされているケースが多い。エドワードがガーシュウィンに惹《ひ》かれるのは、性格が似通っているからでもある。とにかく陽気さが前に出るので、エドワードが内省的な曲を弾いても聴き手はあまり沈鬱になれないらしい。ショパンコンクールに出場するまでは、その点をずいぶん指摘されたものだ。

エドワードは再び打鍵を低く落とす。ここから先、テンポは快活になることなく、提示部の展開となってひたすら地を這《は》っていく。

ところが夾雑物《きょうざつぶつ》が折角の陰翳《いんえい》を台無しにしてしまった。

「Black Lives Matter!」

「Black Lives Matter!」

「Black Lives Matter!」

Goddamn《ガッデム》!

いい加減にしてくれ。

窓の外のシュプレヒコールはいよいよ大きくなり、もはや演奏どころではなくなった。エドワードはやむなく降参するように両手を上げる。

「Black Lives Matter!」

「Black Lives Matter!」

「Black Lives Matter!」

デモの群集が家の前を通過しているらしく、人々の声どころか悲憤や赫怒《かくど》までが部屋まで飛び込んでくる。

「黒人の命を何だと思っているんだ！」

「同胞に銃を向けるな！」

「南北戦争はとっくに終わっているんだぞ」

エドワードは黒人に偏見を抱くものではないが、練習の邪魔をされるのは我慢できない。窓を開けて、黙れと一喝したいところだが多勢に無勢で返り討ちに遭うのは分かり切っている。そもそもエドワード一人の声など、圧倒的なシュプレヒコールの前では虫の囁《ささや》きのようなものだ。このままデモ隊が通り過ぎるのを待つしかない。

しばらく両手をぶらりと下げていると、ドアをノックする者がいた。

「どうぞ」

入ってきたのはマネージャーのセリーナ・ジョーンズだった。褐色の顔を見ただけで分かる。セリーナは今のデモ隊が練習を妨害したかどうかが気になったのだ。

シュプレヒコールはまだ続いている。セリーナは少し不快そうに顔を顰《しか》め、窓に近づいてガラスに触れる。

「この窓、三重になってたわよね」

「ああ。しかし残念ながらあまり効果はなかった。いくら防音仕様でも限界ってのがある」

「今しがたニュースでやっていた。何でも千人規模のデモ行進みたい」

「千人か。そりゃあ三重サッシでも無理だな。戦場の前線でピアノを弾いているようなものだ」

「全く。騒々しいったらありゃしない」

セリーナは窓の外に憎悪の目を向ける。彼女も黒人だが、ヘイト云々《うんぬん》には関係なくエドワードの練習を妨げる者を許せないのだろう。

「わたしも長年ニューヨークに住んでいるけど、これだけの人数で、しかも長期に亘《わた》るデモはなかなかないわ」

ねえ、とセリーナはこちらに向き直る。

「いっそ家を離れて、他の場所でレッスンしたらどうかしら」

「興味深い提案だけど、じゃあどこに移るのさ。ロサンゼルスか、それともサンフランシスコか。今やＢＬＭ（Black Lives Matter）運動は全米に広がっている。規模の違いこそあれ、どこも似たようなものだぜ。デモは昼夜を問わず無制限に行われる。どこにも逃げ場はない」

「何と言っても自由の国ですからね」

セリーナは皮肉っぽく言う。彼女の気持ちに同調するが、一方でエドワードはデモに参加する民衆の気持ちも痛いほど理解できる。

七月五日、南部ルイジアナ州バトンルージュでアルトン・スターリングが警官に射殺された。それだけならまだ大ごとにはならなかったかもしれないが、翌日になり現場で警官たちがスターリングを地面に押さえつけてから数回発砲する現場を映したビデオが浮上してからただの射殺事件では収まらなくなった。

選《よ》りに選って翌六日、今度はミネソタ州セントポールで同種の事件が発生した。自動車の後部ライトが壊れていたため警察に呼び止められたフィランド・カスティールが、やはり警官に撃たれて死亡したのだ。しかも血塗《ちまみ》れのカスティールと銃を向けた警官の映像を、彼の恋人がインターネットで生中継していた。

彼女の証言によればカスティールは警官の命令に従い、拳銃所持の免許証を取ろうとして手を伸ばしたところを射殺されたらしい。

もちろん警官による黒人射殺はこれが初めてではない。だが、ネットによってその一部始終が拡散されたことが騒ぎを大きくした。ミネソタ州セントポールでは遂《つい》に暴動が発生し、デモ隊の中の数人が高速道路を閉鎖し石や火炎瓶などで警官を襲撃した。暴動は数時間続き警官二十一人が負傷、デモ隊の百二人が身柄を拘束された。

Black Lives Matter（黒人の命は大切）の叫びは映像とともに広がったために、人々の意識の深層部を直撃した。抗議運動が広範囲に、そして長期に亘ったのはそのせいだ。今回のＢＬＭ運動の高まりはネット社会ならではの現象と言えるだろう。

「わたしだって彼らの抗議は正当なものだと思うけど」

セリーナは苛立《いらだ》ちを隠そうともしない。

「事件が起きたのは七月。でも今は十月。もう三カ月も経《た》っているのよ。そろそろ収束してもいい頃だと思う」

それだけ彼らの怒りは根深いのだとエドワードは考える。二人の射殺事件に限定された話ではない。この国が建国以来から抱えてきた矛盾や欺瞞《ぎまん》が、彼らの死をきっかけに一気に噴出した感がある。

ただし理由はそれだけではない。一気に噴出した憤怒でも、さすがに三カ月継続するには他の理由もなければ説明が難しい。

考えられる要素は多々あるが、中でも最大の理由は十一月八日に迫った大統領選だろう。

今回の大統領選はかつてない種類のものと言っていい。何しろ民主党の女性候補者も共和党の男性候補者も、国民からひどく嫌われているからだ。民主党候補は上院議員時代より数々のスキャンダルに塗れ、また急進的なリベラル派として保守層からは蛇蝎《だかつ》のごとく嫌われている。だが共和党候補者の嫌われように比べれば可愛いものだった。七月、共和党の大統領候補指名を捥《も》ぎ取ったものの、いくつもの演説でヘイトスピーチを繰り返しヒスパニック系住民の神経を逆撫《さかな》でさせた。そもそもの出自が会社経営者であったためか、演説の内容も選挙戦も政治家の手法とはひどくかけ離れたもので内外から忌み嫌われているのだ。

エドワードを含めて大半の人間は彼の敗北を予想もしくは期待しているが、そんな中での黒人射殺事件だった。ただでさえヘイトに警戒する民衆が危機感を抱かないはずがなく、かくてBLM運動は継続している。おそらく民主党候補の彼女が勝利宣言するまで収束する兆しは見えないだろう。

「収束するとしたら十一月九日以降じゃないかな」

「じゃあ一カ月以上もどこで練習するの。ニューヨーク市内でのデモは大抵同じルートなのよ」

「雑踏から隔離されて、ピアノがまともに弾ける場所ならどこでもいい」

「ホテルのラウンジもホールも一日中貸し切りって訳にはいかないわよ」

セリーナは壁に凭《もた》れて腕組みをする。

「そもそも一月のコンサートで何を演《や》るかも決まっていない。決まっているのはカーネギーホールをはじめとした全二十五州での開催場所」

セリーナの目がエドワードを睨《にら》む。演奏場所と楽団が決まっていながら演目が未定というのは、そうそうあることではない。全ての責任はお前にあると言いたげな目だった。

「当初、演奏曲はショパンとベートーヴェンのピアノ協奏曲でプログラムが組まれていた。それを今月になって突然、あなたが変更を申し入れてきた。まだプロモーターにプログラムを説明する前だったから修正する手間もなかったけど、三日前から内容を教えろって矢の催促よ」

「その件については謝るよ、セリーナ」

エドワードは素直に詫《わ》びた。長年、自分をマネージメントしてくれた相手に対してでも許容範囲を超えた我がままだった。

「謝罪よりも理由を説明して。そもそもあなたがアメリカ指折りのピアニストになれたのはショパンコンクールで入賞したからでしょう。あなたの入賞は、それまで頑《かたく》なに〈ポーランドのショパン〉を堅持してきた審査委員たちが遂に〈アメリカのショパン〉を認めた歴史的快挙でもあった。だからピアニスト、エドワード・オルソンとショパンは常にワンセットで語られてきた」

「分かっているよ。ぎりぎり六位の入賞だったけど、ショパンコンクールに参加していなければ多分今の僕はない。あったとしても数年は待たなきゃならなかったろうさ」

話しながら別のことを考えていた。ショパンコンクールがエドワードの転機になったのは言うまでもない。しかし、それは必ずしも入賞したからではない。一位入賞のヤン・ステファンスをはじめ、二位のリュウヘイ・サカキバ、三位チェン・リーピン、四位エリアーヌ・モローそして五位のヴァレリー・ガガリロフと、それぞれ個性的なピアニズムに蒙《もう》を啓かれた思いがした。

だがエドワードが最も感銘を受けたのは惜しくも入賞を逃した一人のファイナリストだった。演奏中のアクシデントさえなければ、彼こそが勝者になっていたかもしれない。エドワードのみならず、会場に居合わせた多くの者が同じように考えたはずだ。それほどまでに彼のピアニズムは卓抜していた。彼と見《まみ》えることができただけでもショパンコンクールに参加した意義がある――今でもエドワードはそう思っている。

意義。

そうだ。自分は演奏の意義を考えてプログラムの見直しを思い立ったのだ。

「確かにショパンの名前のお蔭《かげ》で有名になれた。僕も愛してやまない作曲家だしね。でもセリーナ。今この時期、この国でコンサートを開くのに、もっと相応《ふさわ》しい曲があるんじゃないかな」

「ショパンには〈革命〉がある。ベートーヴェンには〈英雄〉があるじゃないの」

「ああ、〈革命〉や〈英雄〉は僕も大好きな曲だ。だけど、現在のアメリカで演奏するなら、もっともっと相応しい曲がある」

「エド、ひょっとしてあなた」

「ガーシュウィンの〈ラプソディー・イン・ブルー〉を弾きたい」

するると案の定、セリーナは子どもの我がままを咎《とが》める母親の顔になった。

「あなたのガーシュウィン好きは知っているけど、ガーシュウィンがショパンやベートーヴェンよりポピュラーだとは思えない」

「ポピュラー云々の話をしているんじゃない。〈ラプソディー・イン・ブルー〉の成り立ちを言っているんだよ」

〈ラプソディー・イン・ブルー〉はガーシュウィンの代表作であるとともに、ガーシュウィンらしさが全編に横溢《おういつ》している。クラシックに精通していない者でも一度はメロディを耳にしているはずだ。アメリカの聴衆を集める土壌は充分にある。

「説明するまでもなく〈ラプソディー・イン・ブルー〉にはジャズの作法が多く取り入れられている。それでいて構成は管弦楽、クラシックだ。言ってみればヨーロッパ産のクラシックとアメリカ産のジャズの融合だ。そしてジャズはアメリカの民族音楽であるとともに黒人の生んだ音楽でもある。セリーナ。僕は今この国で起きていることに無関心ではいられない」

「それはわたしも同じ。でもね、エド。あなたはピアニストでわたしはマネージャー。もちろんわたしたちもデモに参加できるし、あのクソッタレな共和党の候補に中指を突き立てることもできる。でも、それがやっと。民主党候補の応援演説なんてエドには向かないしね」

「その通りさ。僕がやれることはステージでピアノを弾くことだけだ。だけど、ショパンコンクールで名を上げた僕がジャズを弾くことでレイシストたちの心を溶かすことはできないだろうか。カーネギーホールや著名なホールで黒人音楽をルーツに持つクラシックを演奏することで、聴衆に融和を訴えるのは不可能だろうか」

我知らず熱弁になってしまうが、聞いているセリーナは難しい顔を崩さない。長い付き合いなので彼女の思考パターンは読めている。エドワードの主張を理解する一方で、この提案がビジネスとして成立するかどうかを計算しているのだ。

「音楽で人々の融和を図る。あなたの理想は素晴らしいわ、エド。そういう人間をマネージメントできてわたしも誇りに思う。でも、そこにあなた自身のヒーロー願望はないかしら。ちょうどノクターン一曲でアフガニスタンの戦闘をストップさせた、あのピアニストに憧れるようにな」

意表を突かれてエドワードは焦る。彼女はビジネスの成否ではなく、自分の心根に考えを巡らせていたというのか。

「いや、違うよ」

「彼は入賞を逃したものの、そのたった五分間の演奏で二十四人の命を救い、一躍世界に名を轟《とどろ》かせた。エドがBLM運動真っ盛りの時期に敢《あ》えて黒人音楽に拘るのは、自分の姿を彼に重ねようとしているからじゃないの」

「違うんだ。話を聞いてくれ」

違うと言いながら焦っているのは、セリーナの言葉に幾ばくかの真実が混じっているからだ。彼の英雄的行為に心が動かなかったと言えば嘘《うそ》になる。世に言う〈五分間の奇跡〉に憧れたのも本当だ。

しかし、それとこれとは話が別ではないか。

「あなたの心の中はあなたしか知りようがないから、これはあくまでわたしの推論。でもこれから話すのはショービズで生きてきた人間の知見。確かにエドの提案はインパクトがある。演奏の趣旨に賛同する者もいるでしょうね。でもよく考えて。今、黒人を、そして有色人種を排除しようとしているのはネオナチやホワイトトラッシュ（貧乏白人）ばかりじゃない。普通にアメリカを誇り、普通に理想を語っている市民の中で、そういう人たちが大勢いる」

「その通りだ。だからこそ僕は」

「黙ってお終《しま》いまで聞いて。そういう人たちはね、あなたがいくら崇高な理想を掲げてステージに立っても、チケットを買うことはない。あなたのファンだった人も、プログラムから黒人の臭いを嗅いだ途端、コンサートホールには入ろうとしなくなる。結果的には通常のコンサートよりも動員数を減らすのがオチ。下手をすれば赤字。マネージャーとしてそんな危険なビジネスにあなたのピアニスト生命を賭けることはできない」

マイナス思考ながらセリーナの指摘は的を射ている。反論材料を思いつかず、エドワードは黙るしかない。

「二つ目。ネオナチの名前を出したついでに話すけど、レイシストの中には過激な行動に出る人間がいる。レイシストでなくても何かを破壊したくてうずうずしているヤツはいる。そういうヤツらはね、不法行為をする理由に必ず政治や思想を持ち出すのよ。もし有名な音楽家が黒人に追随するようなコンサートを開くとなったら、格好の餌食にする」

「考え過ぎじゃないのか」

「七月四日以前なら考え過ぎで通ったんでしょうけどね。セントポールでは暴動が起きた。いったん暴動が起きたら地元警察だけじゃ収まらない。そしてセントポールで起きたことがニューヨークで起こらないという保証はどこにもない。エド。あなたが狙われる可能性は充分にあるのよ」

再び意表を突かれ、一瞬エドワードは言葉を失《な》くす。

自分が狙われるだって。

露ほども考えなかった。僕は一介のピアノ弾きだぞ。ピアノを弾くしか能がない男を襲って、何の利益があるというのか。

「僕は一介のピアノ弾きだぞ。そんな男を襲ってどんな価値がある」

「黒人との融和に尽力した者は抹殺される。白人至上主義者にとっては、この上なく効果的なプロパガンダになるわ」

「そんなものかな」

「エドはもう少し自分というブランドを意識しなさい。名前で客を呼べるプレイヤーなんてそんなに多くないのは知ってるでしょ」

「僕の名前で客を呼べるなら、やはりガーシュウィンを弾きたい」

「堂々巡りね。わたしの嫌いな言葉」

セリーナは有能なマネージャーだが一度こうと決めたら梃子《てこ》でも動かない。優柔不断でないのは心強いが、こと今回に限っては厄介な性分でしかない。

「あなたがこの国の現状を憂いているのはよく分かった。でもね、エド。どこもそうだけど暴動や略奪に走る人間が一定数いるのと同じように、冷静で正しい判断をする人間も一定数存在する。今この国は分断の危機を叫ばれているけど、やがて落ち着くところに落ち着く」

「自信たっぷりの言い方だね」

「この国の国民を信じているから。黒人や有色人種へのヘイトやＢＬＭ運動も大統領選が終われば収束するはず。ガーシュウィンをフィーチャーする意味はずいぶん薄れる」

セリーナもまた、民主党候補の彼女が勝利宣言するだろうと確信している。二人の認識が一致していることにエドワードは少なからず安心する。

「大統領選まで四週間。今のうちに最初の案だったショパンとベートーヴェンのピアノ協奏曲で構成を固めておいて。万が一にもあのクソッタレが大統領になったら、その時こそ国の危機になるだろうからエドの提案を検討してみる。Understand?」

セリーナにしては大変な譲歩にも思えるが、共和党候補の当選が前提になっている段階で実現性ゼロと踏んでいるのだ。

エドワードの提案はロマンティックで、対するセリーナの判断はリアリスティックだ。コンサートをショービズとして捉えた場合、セリーナの言い分が一も二もなく正しいことは首肯せざるを得ない。

「ＯＫ」

渋々エドワードは承諾した。話の流れではコンサートのプログラムが正式決定するのは十一月九日になるのだろうが、実質的には現時点からプロモーターに根回しする格好になる。

「それじゃあ、お願いね」

片手をひらひら振りながらセリーナは練習室から出ていった。エドワードは仕方なくピアノの前に座り、今度はショパンの練習曲第12番の〈革命〉を弾き始めた。だが、全く集中できない。

ふと小腹が空《す》いているのに気づいた。ランチの時間を過ぎているが、母親は出掛けている。既に退出したセリーナを追いかけてランチに誘う気分でもない。

エドワードはジャケットを羽織って家を出る。

オルソン家から2ブロックほど歩くとミート・パッキング・ディストリクトに着く。この界隈《わい》は昔、精肉工場が立ち並んでいたことからミート・パッキングという愛称で呼ばれている。以前は物騒な場所だったが、ここ十年で再開発が進み、今では高級ブティックやレストラン、洒落《しゃれ》たバーが林立するようになった。昼間はショッピングやブランチを楽しむ場所として、夜は美味《うま》い酒を楽しむ場所として賑《にぎ》わっている。もっとも精肉工場があった名残りはそこここにあり、その一つが昼時に集まる屋台だ。メニューは様々だが肉系統が実に多い。エドワードが贔屓《ひいき》にしている店もその例外ではない。

〈フェルのタコス〉の看板を掲げたキッチンカーはいつもの場所に停《と》まっていた。

「やあ、フェル」

エドワードが声を掛けると、フェルは陽気な顔で応えてきた。

「エド。さっきまでお前のピアノがここまで届いていたぜ」

「まさか。２ブロックも離れているんだぞ」

「俺は人一倍耳がいいのさ。こうして耳を澄ませば北京放送だって聴こえる。いつものでいいか」

「頼むよ」

エドワードのお気に入りは〈Tacos de Carne Asada〉で、焼いたステーキ用の牛肉を食べやすい大きさに切ってある。これで三ドル七十五セントは破格と思える味だ。

「はいよ」

無雑作に包まれたタコスを手摑《てづか》みのまま頰張る。焼き立ての牛肉がスパイスと絡み合い、口中が歓喜した。

半分ほど食べると、フェルの視線に気づいた。

「口にソースでもついているのかい」

「いやあ。超有名なピアニストが俺の作ったタコスをぱくついているのを見ているとな、俺も捨てたもんじゃないと思えるんだ」

「光栄だね。それよりさっきデモ隊が前を通ったんじゃないのか」

「ああ。ちょうどランチタイムだった」

「営業妨害だろ」

「逆だ。行進して腹を空かせたヤツらが群がってくれたから、いつもの倍売れた」

「商売繁盛《はんじょう》で何より」

「欲を言えば毎日デモ行進してほしいくらいだが、デモが続くってのは決してハッピーな話じゃないんだよな」

フェルの顔に一瞬、不安の色が射《さ》す。メキシコ移民の彼にしてみればＢＬＭ運動も他人事ではないのだろう。

「少数ってのは分が悪いもんだな」

「その少数が集まってできたのが、この国だろ。気にすることじゃない。ウチだって元々はイギリスからの移民だ」

「エドの家は昔から軍人の家だろう。国に対する貢献度が違う」

「戦場で人を殺すより、街中で美味いタコスを振る舞う方が、よっぽど世の中に貢献しているさ」

「そう言ってくれるのは、タコス好きのお前くらいのもんだ」

フェルは憎まれ口を叩《たた》きながらも満更でもなさそうだった。

今回、民主党候補の勝利を信じた者は少なくない。と言うよりも、常識ある国民は共和党候補を大統領に選ばないという共同幻想に陥っていたフシがある。

いや、国民ばかりではなくマスコミも同様だった。アメリカの発行部数上位百紙のうち、民主党候補を支持した新聞が十七紙あったのに対し、共和党候補の支持を打ち出した新聞はただの一紙も存在しなかったからだ。つまり世論を構成する国民とマスコミ双方が共和党候補の当選を望んでいなかったことになる。

ところが結果は大部分の予想を大きく裏切るものとなった。

二〇一六年十一月八日（アメリカ東部時間）執行の一般投票で、共和党候補の彼が全米の過半数二百七十人以上の選挙人を獲得し大統領選に勝利したのだ。

この結果に全世界が驚倒した。アメリカは良識を放棄したのかと嘆く声がしきりだった。無論、当のアメリカ国民は更に激しく動揺し、結果を素直に受け容《い》れることができない者も大勢いた。早速、選挙戦の分析やらお定まりの不正開票やらが取り沙汰されたが、何をどうしたところで結果が覆るはずもない。

かくしてアメリカは〈アメリカ・ファースト〉を謳《うた》い、得々とヘイトスピーチを行い、厳格な移民政策を推し進める人物を第45代アメリカ合衆国大統領に選出した。

大統領選の翌日、エドワードはいつものように練習室にいた。セリーナに命じられてからベートーヴェンの〈皇帝〉に取り組んでいたが、大統領選の結果を受けてからは練習にまるで身が入らない。

大統領選についてはCNNをはじめとしたマスコミが分析を進めているが、その経過で明らかになりつつあるのは反インテリ延《ひ》いては反知性主義と言うべきものだった。今まで知識階級に虐げられてきたと意識していた中産階級の反撃といったところか。

オルソン家は建国以来から続く軍人の家系だった。祖父も父親も叔父も、そして兄も軍服に袖を通している。燕尾服《えんび》を着ているのは親戚中を探しても自分しかいない。テーブルでの話題と言えば戦歴と士官学校に纏《まつ》わる話ばかりで、庶民の生活やハリウッドスターのゴシップが挙がったことなど終《つい》ぞなかった。学校に通うのにも生活するのにも経済的な不安を覚えたことは一度もない。所謂《いわゆる》上流階級の家柄だったのだ。従って、ホワイトトラッシュなる者たちの存在を、どこか異国の話のように捉えていたことが否めない。今回の大統領選の結果が彼らの異議申し立てであると説明されても当惑するしかない。

問題は、新大統領の誕生により、黒人に対する排斥に加速が掛かった事実だった。ヘイトスピーチを恬《てん》として恥じない男が大統領に選出されたことで、マイノリティへの迫害が公認されたと勘違いする輩《やから》が台頭し始めたのだ。

まだ組織立った動きこそないものの、ニューヨークの街角で黒人やヒスパニック系住民が有形無形の嫌がらせを受けているのはニュースで聞き知っていた。それまでニューヨークの地下深くでふつふつと滾《たぎ》っていた悪意のマグマが、ゆっくりと噴き出てきたような印象がある。

駄目だ。

雑念が多過ぎる。

エドワードは気分転換のために外出することにした。ちょうどランチタイムでもある。一週間ぶりにフェルのタコスを味わうとしよう。

家を出てミート・パッキング・ディストリクトに差し掛かると、違和感を察知した。進めば進むほど違和感は強くなる。〈フェルのタコス〉のキッチンカーが視界に入った時、ようやくその正体が判明した。

衆人環視の中、キッチンカーは横倒しになり食材やタコスの残骸が道端に散乱していたのだ。

フェルは舗道の上でのそのそと残骸を片づけていた。

「フェル」

こちらを向いた目に生気はなかった。

「よお、エド」

フェルはすぐに顔を地面に落とす。

「いつものやつか。悪いが今日はもう店じまいだ」

「事故か」

「事故なら損害賠償の目もあるんだがな。いきなりやられたんだよ。開店した直後に数人で押しかけられて、クルマを横倒しにされた。抵抗する間もなかった」

「警察は」

「とっくに呼んだ。だけど、まだ来ない」

警察は来ないと諦めたような口調だった。キッチンカーを取り巻く通行人も為《な》す術《すべ》なく、惨状を見下ろしているだけだ。

せめてもと思い、キッチンカーを元に戻そうと手を掛けた瞬間、フェルが「触るな」と短く叫んだ。

「さっき四人がかりで戻そうとしたがダメだった。ピアニストの指は大切なんだろ。そんなことに使うな」

「でも」

「割れた食器もそこら中に散らばっている。拾い集めようとするんじゃねえぞ」

エドワードは伸ばした手を引っ込める。

「お前がやったことじゃないし、お前がこういうことをするような人間でないのは俺がよく知っている。だから手を出すな。不用意にお前が指を傷つけて、それで演奏に支障が出たらとんだ二次被害だ。何より俺が落ち込む」

「フェル」

その時、遠くからパトカーのサイレンが近づいてきた。

「ふん。やっと来たか」

フェルはゲームセット後に遅れて到着した選手を見るような目で、サイレンのする方角を眺めた。

居たたまれなくなったエドワードは、すごすごとその場を立ち去るしかなかった。

2

〈フェルのタコス〉の一件は、エドワードの心に暗い影を落とした。ニュースで見聞きするようなヘイト行為ではない。身近な、しかも知り合いの身の上に降りかかった災厄だ。意識するなという方が無理な注文だった。

大統領選以後、確実に国内の分断が顕著になっている。以前は民主党支持であろうが共和党支持であろうが、思想信条が交友関係にまで影響を及ぼすことは少なかったはずだ。だが、最近ではそうも言っていられなくなったらしい。親戚筋で挙げれば従兄弟のローランドの態度が一変した。古くからの共和党員であるローランドはエドワードと同様に陽気な男だったはずだが、先日受けた電話では新大統領の政策に甚《いた》く賛同していた。

『メキシコとの国境に壁を作る。なんてグレートな大統領なんだ。長大な壁を作るから雇用が創生される。不法移民も激減する。一石二鳥じゃないか』

滅多に会わない従兄弟だが、移民政策ごときで喧々囂々《けんけんごうごう》やり合うつもりはない。適当に相槌《あいづち》を打っていると、ローランドの舌鋒《ぜっぽう》はますます鋭くなり歯止めが利かなくなってきた。

『大体、俺は民主党のヤツらが掲げるリベラルが、どうにも嘘臭くてならないんだ。大統領選で落選した彼女の演説は、まるで聞けたもんじゃなかった。弁護士、元ファーストレディ、上院議員、国務長官。絵に描いたようなインテリだから、俺たちみたいな中産階級を無視したような公約しか立てられない。所詮、あいつらは救い難い理想主義者でアメリカの舵取《かじと》りなんてできっこないのさ』

コンサートの開催が迫っているのを理由に話を切り上げた。電話を切ってからも、どんよりと胸の底に下りた澱《おり》は残ったままだ。

ローランドとの会話を思い出すと鍵盤に触れるのも億劫《おっくう》になり、エドワードはダイニングに向かう。確か飲みかけのワインがあったはずだ。

ドアを開けるとテーブルに先客がいた。

「あら。お腹《なか》でも空いたの、エド」

母親のアメリアだった。

「ワインの飲みかけがあるのを思い出した」

「まだ夕べには早いんじゃない」

「嫌なことを思い出してさ。グラスに半分飲んだらすぐ練習に戻る」

「座って待ってなさい」

アメリアは重そうに腰を上げ、キッチンの方に進む。それくらい自分で用意する、とは敢えて言わない。今のアメリアには些事《さじ》であっても身体を動かす必要があった。

以前の母親は世話好きで、息子が二人とも三十を超えているのに五歳児のような扱いだった。

「ちゃんと三食摂《と》って」

「毎日決まった時間に寝起きして」

そして屈託なく笑う母親だった。根っからの軍人気質だった父親が笑わない分を一人で補うかのようにいつも笑っていた。

だが昨年、その父親がソマリアでの作戦遂行中に戦死した。アル・シャバブの武装勢力への攻撃のさ中、爆撃で木っ端微塵《こっぱみじん》に吹き飛んだのだ。

戦死を知らされたアメリアは泣き叫ぶような醜態は決して見せなかった。生前の夫から、自分が戦場の露と消えても絶対に取り乱すことがないようにと厳命されていたからだ。

アメリアは殊勝にも亡夫の言いつけを守り、葬儀でも涙を見せなかった。だが元より軍人の家に生まれた訳でもなく、上辺だけの気丈さはやがて彼女の精神を疲弊させたらしい。葬儀が終わっても、アメリアが以前のような笑顔を見せることはなくなった。人前で笑うことが強要された場合のみ、機械のように口角を上げるだけだった。

「はい、どうぞ」

アメリアは息子の眼前にワインとグラス、加えてチーズののった皿を置いた。

「ワインだけだと悪酔いするから」

「グラス半分程度じゃ酔ったりしないよ」

「言うこと聞きなさい」

赤ワインにゴルゴンゾーラチーズ。ゴルゴンゾーラの癖の強さを芳醇《ほうじゅん》なワインが包んでくれる。グラス半分と言い出したのはエドワードだが、この取り合わせだと何杯でも飲めそうだと後悔する。母親は味覚が鋭敏な上に料理上手で、エドワードと兄はそれだけでずいぶんな贅沢《ぜいたく》だったと話し合ったものだ。

その母親が今は哀しみの淵《ふち》に沈んでいるのが辛かった。

「練習、順調じゃないの？」

「どうして」

「コンサートでスケジュールが埋まっているのに、こんな時間に練習室を抜け出してくるなんて珍しいじゃない」

意気消沈していてもさすがに母親だ。息子の行動などお見通しという訳か。

正直に打ち明けるには気が引けたので、話を逸《そ》らすことにした。

「今更なことを質問してもいいかな」

「何よ、改まって」

「母さん、別に音楽家だった訳じゃないだろ」

「好きではあったけどね。ピアノもお遊び程度」

「それがどうして、ハロルド兄貴にピアノを与える話になったんだい。結果的には僕のオモチャになったけどさ」

「できることなら軍人以外になってほしかったから」

アメリアは言下に答えた。

「知っての通り、オルソン家は軍人の家系で、生まれた子どもは男も女も士官学校に入るのが当然だった。お父さんもね、それが当たり前だと思っていた。でも他所《よそ》から嫁いできたわたしにはまるで外国のお伽話《とぎばなし》で。それにわたしは父親を前の大戦で亡くしているから、余計に軍人の家系が理解し辛《づら》かったの。義父は『オルソン家の人間は国のために死んで本望』を家訓としていたから尚更《なおさら》ね。いったい、どこの国の母親が我が子を戦場に送って嬉《うれ》しいものですか」

「そんなに軍人の家系が嫌なら、どうして父さんと結婚したのさ」

「若い頃のお父さん、それはもう凜々《りり》しくて素敵でねえ」

アメリアが年甲斐《としがい》もなく惚気《のろけ》だしたので、エドワードは苦笑するしかない。

「結婚してからオルソン家の家訓に反発を覚えたの。でも義父やお父さんに面と向かって反対できなかったから、せめて芸術や趣味で将来が開いてくれたらと思っていた。でも、まさかエドがショパンコンクールのファイナリストになるなんて、その時は想像もしていなかった」

「今となっては母さんに感謝しかないよ。子どもの時、ピアノに出逢《であ》わなかったら、今頃は前線に行かされていたかもしれない。逆に兄貴が興味を示していたら、ショパンコンクールで優勝するようなピアニストになっていたかもね」

少なからぬ自虐を込めて言う。士官学校の頃から常にトップクラスの成績であり、陸軍に入隊してからも次々と戦績を上げてきたハロルドは、まさしくオルソン家の誇りと言っていい。

一方のエドワードと言えば、勇んで出場したショパンコンクールだと言うのに六位入賞に甘んじた。ファイナルに残ること自体が大したものだと称賛されたが、順位より何より他のファイナリストたちの才能に圧倒されて優越感は微塵に粉砕されたのだ。ハロルドが受けた栄誉には比べるべくもない。

ハロルドと競うつもりはないが、それでも引け目に感じてしまう。エドワードはそんな自分が堪《たま》らなく嫌だった。

「それは違うわ、エド」

アメリアの言葉でエドワードは我に返る。

「仮にハロルドがピアノに興味を持ったとしても、ショパンコンクールに出場するまでにはいかなかった。きっとどこかで楽器の代わりに銃を握っていた。同じように、もしあなたが士官学校に入学したとしても、どこかで鍵盤に触れていたはず」

「ｉｆの話をしてもあまり意味ないよ」

「ｉｆの話じゃないの」

アメリアは笑って否定する。

「人にはね、持って生まれた才能があるの。それは隠しようもないし、隠しても表に出ようとする。本物の才能なら周りの人間が放っておかない。だからハロルドは軍人になるべくしてなった。あなたもピアニストになるべくしてなった」

「母さんは運命論者だったんだな」

「そんな大層なものじゃないわ。ただね、人には予《あらかじ》め与えられた場所というものがあるのよ。そして世の中もそれを望んでいる。どんなに不合理や突飛に思えたとしても、世界が望んだ結果なのよ」

全ては御心《みこころ》のままに。

敬虔《けいけん》なクリスチャン（保守的なキリスト教信者）である母親らしい考えだとエドワードは思った。

だが唐突に不安を覚えた。

オルソン家では家族同士が政治思想をぶつけ合うような機会はない。軍人は国のために働くことが第一義であるため、支持政党や思想は意味のないことだからだ。

エドワードが不安に感じたのは、新大統領の支持基盤の一つが保守的な宗派である福音派という事実だった。

恐る恐る訊《き》いてみた。

「母さん。今度の大統領をどう思う」

アメリアの返事は恐れていた通りのものだった。

「彼は素晴らしい資質を持つ大統領よ、エド。きっとこの国を、以前のように神に祝福された国にしてくれるに違いないわ」

エドワードはグラスに残っていたワインをひと息に呷《あお》る。

「練習、再開してくる」

「しっかりね」

アメリアの声を背中に受けてダイニングから出ていく。

何てことだ。彼を支持する者が、こんな身近にいたとは。じっとしていると、あれしきのワインでも悪酔いしそうだった。

練習室のドアを後ろ手に閉め、ピアノの前に座る。母親はあの男を支持している。では、やはり黒人やヒスパニック系住民を排斥したいと思っているのか。

今になって、ようやく思い至った。

大統領選の最中、誰もがあの男の惨敗を予想していたにも拘わらず、結果はまるで正反対になった。それは彼の敗北を口にしていた者の多くが、心の裡《うち》では彼を賛美していたからだ。保守的なアメリカ、移民を警戒するアメリカ、中産階級以下の国民に手厚いアメリカを待望していたからだ。

皆が本音を隠していた。

ショパンの協奏曲を弾こうとした指が鍵盤の上で止まる。自分を取り巻く世界は予想以上の速さで変貌しつつある。しかもエドワードの望まぬかたちで。

キッチンカーを横倒しにされ、メチャクチャになった〈フェルのタコス〉の姿が脳裏に浮かぶ。

アメリカが、あの惨状を望んでいるというのか。

国のかたちが歪《ゆが》んでいく。エドワードは暗澹《あんたん》たる気持ちになった。エドワードは己を典型的な〈陽気なアメリカ人〉と考え、またそのように振る舞ってきた。だが陽気だからといって自国の行く末を憂えないはずがないではないか。

こんな時、自分は何をすべきなのか。今からでもデモに参加してBLM運動に賛意を示すか。いや、ピアニストのエドワード・オルソン、ショパンコンクール六位入賞のエドワード・オルソンとして他にできることがあるのではないか。

宙空で止まった指はなかなか動こうとしなかった。

＊

十一月十五日午後十一時五分前、ブルックリン、ブッシュウィック。夜の空気は埃《ほこり》っぽく、そして乾ききっていた。

　この界隈はヒスパニック・コミュニティの中心地で、ニューヨーク市のヒスパニック文化に大きな影響を及ぼす地域となっている。人口の八十％はヒスパニック系住民で、ここでのビジネスもスペイン語をベースとして行われているのがもっぱらだ。

〈愛国者《パトリオット》〉は指定された建物を見上げる。まるで南北戦争の時分から建っていたような古びた雑居ビルだ。外付けの非常階段はカンカンと音がするに違いない。

　エレベーターで四階まで上がり、一番奥の部屋に進む。

　安普請のビルには不似合いとも思える真新しいインターフォンを押す。

『そこに指を当てろ』

　モニターにはこちらの顔も映っているだろうに、指紋認証とは手の込んだことだ。右手の人差し指を指定の箇所に当てると、電子音とともに開錠の音がした。

　部屋の中では初老の男がモニターを前に苦々しい顔をしていた。

「時間ぴったりだな」

　モニターの中では、今や新大統領となった男が聴衆に向かって熱弁を振るっていた。

『わたしたちの党大会は、我が国にとって危機のときに開催されています。わたしたちの警察が攻撃され、都市ではテロが発生し、わたしたちの生活そのものを脅かしています。この危険を把握できない政治家は、どのような人物であっても我が国を導くのに相応しくありません。わたしは皆さんにメッセージを送ります。現在、わが国を苦しめている犯罪や暴力はすぐに、本当にすぐに終わりになるでしょう。二〇一七年一月二十日からは、安全が回復されるでしょう』

ネットで一度観たから憶《おぼ》えている。今年の七月二十三日、この男が共和党の大統領候補に指名された際の受諾演説だ。

『職務中に殺害された警察官の数は、去年の同じ時期に比べておよそ五十%も増加しています。犯罪歴があり、我が国から追放を命じられた十八万人近くの不法移民が、今夜も自由にうろついて平和な市民たちを脅かしています。今年に入ってこれまでに国境を越えた新たな不法移民の数は、既に二〇一五年の年間の人数を超えています。公共の安全や資源に与える影響などお構いなしに何万人もの不法移民が私たちの地域社会に放たれているのです』

「何度観ても胸糞《むなくそ》が悪くなるな」

男は路傍に落ちた犬のクソを見るような目でモニターの新大統領を睨む。傍らにグラスでもあればバーボンを呷りそうな雰囲気だ。

「そんなに胸糞が悪いものを、どうして何度も観る」

「憎しみは活力の源だ。この男が自分と同じ空気を吸っていると考えただけで、ふつふつと怒りが込み上げてくる。お前はどうだ、〈愛国者〉。お前だって、この男が大統領に選ばれて危機感を抱いているだろう」

「この国の人間並みには危機感を持っている。だがわたしが呼ばれるほどとは思えない」

「そうかな」

『わたしたちは国内の災難に耐えてきただけでなく、相次ぐ国際的な屈辱にも耐えてきました。わたしたちはアメリカ人の水兵たちがイラン人に捕らえられ、銃口を突きつけられて跪《ひざまず》かされていた映像を覚えています。リビアでは、アメリカの威信の象徴である領事館が炎に包まれて燃え落ちました。オバマ大統領がヒラリー・クリントン氏をアメリカの外交政策の責任者にすることを決定した時よりも、アメリカははるかに安全ではなく、世界もはるかに不安定なものになっています。ＩＳは地域全体、そして全世界へと拡散しています。リビアは破壊され、アメリカ大使とその職員は野蛮な殺人者の手によって助けもないまま死亡しました。エジプトは過激なムスリム同胞団に引き渡され、軍による権力の掌握を余儀なくさせています』

「よくもまあ受諾演説ごときで、ここまで保守層を煽《あお》れるものだ。まるでヒトラーを連想させる話しっぷりじゃないか」

「共和党大会なら保守層を煽るのは当然だろう」

「こいつの場合は度を過ぎている。アメリカ国内に住むアラブ人がどんな目で見られるか一顧だにしていない。党が勝つためならイスラム教徒の弾圧を平気でやりかねない。受諾演説でこれだぞ。一般教書演説では何を言い出すことやら」

男は皮肉めいて言うが、確かにこの新大統領は通常の尺度では測りきれない。破天荒と言えば聞こえはいいが、政治に関しては全くの素人であり、日頃の言動と考え併せても時限爆弾のような存在だ。

『わたしたちがアメリカを第一に据えない政治家によって導かれる限り、他の国々がわたしたちが当然値する尊敬の念を持ってアメリカに対応しないことは明らかです。アメリカ国民が再び最優先されるでしょう。わたしの計画は国内の安全から始まります。それは、安全な地域社会、安全な国境、そしてテロからの保護です。法と秩序なくしては、繁栄はありえません』

「法と秩序。自ら秩序を乱すような人間が、いったいどの口で言う。過去に大統領選を幾度も観戦しているが、この男ほどスキャンダルに塗れた候補もいなかった」

「だが、この国の有権者は彼を選んだ」

「今頃、選んだ側は死ぬほど後悔しているか、あるいは安酒で酔い潰れている。浮かれて騒いでいるのは貧乏白人くらいだ」

男の愚痴も理解できないではないが、これは新大統領憎しの偏見が多分に混じっている。どんな国にも一定数の愚者がいて、一定数の賢者がいる。愚者の票だけで大統領選に勝てるとは思えない。おそらく賢者の何割かは理由があって共和党の候補に票を入れたのだ。

ただその理由が、男たちのようなマイノリティに配慮したものでないことだけは確かだった。

「わたしを呼んだ理由を教えてもらおう」

「お前に白羽の矢が立った時点で理由は一つしかない。モニターの中で喋《しゃべ》っている、この下品な男を抹殺してほしい」

『最後に、そして、これは非常に重要なことですが、確かな審査方法が実施されるまで、わたしたちはテロに屈したあらゆる国からの移民受け入れを即刻、一時停止しなくてはなりません。わたしたちは彼らを国に入れたくないのです』

「Son of a bitch!」

男は汚い言葉を吐いてモニターのスイッチを切った。

「就任演説ではきれいごとを並べ立てたが、この男の政治信条は受諾演説に集約されている。放っておけば俺たちのような移民は一掃される。そうなる前にヤツの口を永遠に塞いでしまいたい」

予想通りの展開だ。〈愛国者〉はこれ見よがしに嘆息すると、モニターを指差した。

「この男を葬ったところで、同じ共和党の副大統領が引き継ぐだけじゃないのか」

「こいつ以外であるのなら、サルが大統領になってくれても構わない。その方がいくらかマシだ」

「大統領暗殺か。ずいぶんと厄介なミッションだな。わたしにオズワルドを演じろというのか」

「お前の口を封じるつもりは毛頭ない。お前ならオズワルドより、よっぽど手際よく殺《や》れるだろう」

「六〇年代のダラスとは状況がまるで違う。ライフル銃一丁でできる仕事じゃない」

「何もホワイトハウスに侵入しろと無理難題を言っている訳じゃない」

「標的が大統領という時点で無理難題だ」

「そうでもない。新大統領はホワイトハウスよりも自分の名前を冠したビルがお気に入りらしい。六十八階のフロアを大統領執務室にすると息巻いている」

正気の沙汰じゃない。さすが通常の尺度では測りきれない男だ。なるほど世界一警備が厳重なホワイトハウスよりはビルのペントハウスの方が数段襲撃しやすい。もし新大統領の希望が現実のものとなれば暗殺の成功率はぐんと跳ね上がる。

しかし待て、と〈愛国者〉は立ち止まって考える。大統領でありながら同時に不動産王と呼ばれ、巨万の富を手にしている男だ。ペントハウスの警備やセキュリティに無尽の資金を投入できるに違いない。

「ペントハウスを執務室にしてくれるのは有難いが、セキュリティはホワイトハウス以上になる可能性がある」

「そうだな。ビルのワンフロアだけを防御することを考えれば、蟻《あり》一匹這い出る隙もないセキュリティが構築できる。元より標的は地上六十八階の楼閣の中だ。内部への侵入が不可能となれば外部から襲撃するしかないが、上空からヘリコプターで狙っても壁やガラスが防弾仕様ならどうすることもできない」

「いっそビルごと破壊するか火災を起こすという手段もある」

「却下だ」

男は言下に否定する。

「警備関係者や政府関係者ならともかく、一般市民は只《ただ》の一人も巻き込むな。市民の中から犠牲が出たとなれば、我々の大義が世界に伝わらなくなる」

「必要なのか、大義が」

「9・11の二の舞はごめんだ」

「テロとしては成功例だと思うけどね」

「死者二千九百七十七人、重軽傷者二万五千人以上、少なく見積もっても百億ドルのインフラ被害。人的被害と物的損害の巨《おお》きさがテロの大義を掻《か》き消し、アメリカにアフガニスタン攻撃の口実を与えた。その後の顛末《てんまつ》は言うまでもないだろう。今回の目的はテロじゃない。あくまで害虫一匹の始末だ」

「注文が多いな」

「だからお前を呼んだ」

汚れ仕事、中でも人殺しを請け負う者の数は限られている。さほどの誉め言葉ではない。

「現状、大統領の落ち着く場所は決まっていないという訳か」

「就任直後に計画を実行する必要はない。我々を排斥する法案が両院を通過する前に殺ってくれればいい」

「まだ請け負うと言ったつもりはない」

「我々の計画を聞いた時点で、お前に拒否権があると思うか」

温度を感じさせない目がこちらを睨《ね》めつける。同胞といえども目的遂行のためなら、いつでも切り捨てるという意思表示だ。

「了解」

そう答えるしかなかった。

「ただし実行のタイミングはこちらで決めさせてもらう。準備も入念にしたい」

「いいだろう」

「逐一、標的の動向を知っておきたい。遊説はもちろん、ちょっとした外出も」

「他には」

「大統領と夫人の趣味を知っておきたい」

「調べるのは容易《たやす》い。同好の士を装って近づく算段か」

「利用するかどうかはともかく、情報は多いに越したことはない」

「分かった」

挨拶もせず、〈愛国者〉は部屋を出る。尾行がついているのは承知しているので、特に焦りはしない。第一、塒《ねぐら》は組織が用意したものだ。

街角のバーからは明かりが洩《も》れているものの、既に人通りが絶えていた。

それにしてもと思う。まだ何の政策も実行しないうちから暗殺を企てられる大統領など前代未聞ではないか。

先刻、男が見せた態度には憎悪以外に不安が顔を覗《のぞ》かせていた。就任に至るまでの道程で撒《ま》き散らした毒の多さを物語っている。

男の指摘通り、法案が上院下院を通過して大統領が署名した時点で政策が実行される。無体な法案が成立する前に署名する本人を抹殺するというのは、確かに有効だ。

男の前では感情を見せずにいたが、〈愛国者〉自身も新大統領には危惧しか抱いていない。これまで命じられるままに暗殺を繰り返し良心の呵責《かしゃく》に苛《さいな》まれることが度々あったが、今回のミッションについては何ら痛痒《つうよう》を感じない。それどころか自分が崇高な使命を帯びているような気分になる。

不意に思い至った。

これだけ国民に嫌悪される大統領だ。彼の口が永遠に塞がれれば、悲しむ者より快哉《かいさい》を叫ぶ者の方が多いのではないか。

悪政、虐政を敷く権力者の抹殺は正義だ。失敗すれば犯罪者だが、成功すれば英雄と持《も》て囃《はや》されるに相違ない。

常に暗殺者は影の存在だが、生涯に一度くらいはスポットライトを浴びてもいいのではないか。自分の生き方は決して褒められたものではないが、たまには己の行為が弱者救済になっていると誇りたい。

かつて覚えることのなかった欲求に戸惑いながら、〈愛国者〉は帰路に就く。

3

午前九時三十分。

窓から射し込む朝陽《あさひ》に眉をくすぐられ、セリーナはようやく目を覚ました。

ベッドから上半身を起こした途端、頭痛に襲われ、再び倒れ込む。

昨夜の痛飲のせいだ。しかも自らは望まぬ酒席だったから余計に忌々しい。ジョージ・ニールセンは有能なプロモーターだが、女好きが唯一の欠点だ。昨夜もずっとセリーナの全身を好色な視線で舐《な》め回してきた。部屋に誘われないようにするには、彼を酒で潰すより他に手はなかった。

のろのろと起き出し、冷たいシャワーを浴びるとようやく人心地がついた。

アームのないオイルレザーのソファに腰を下ろし、昨夜のやり取りを反芻《はんすう》する。

『エドはまだ選曲の作業に入っていないのか』

『ショパンとベートーヴェンのピアノ協奏曲というところまでは決まっている。アーティストに拙速を求めても得なことは一つもないわよ、ジョージ』

ジョージは、俺にアーティストを語らせるなと言わんばかりに苦笑する。カネ儲《もう》けの才覚も観客を呼び込むアイデアも持ち合わせている敏腕プロモーターの唯一の欠点が、アーティストに対するリスペクトのなさだった。

『急いでいるのは俺だけじゃない。カーネギーホールの支配人を含め、スケジュールを押さえたホールの館長全員がプログラムの到着を待っている』

『プログラムの印刷に一日も掛からない。それより重要なのは楽団員の都合だけど、リハには充分な時間を保証する』

『ふん。しかし、いつもエドはスケジュールに余裕を持たせていたが、今回に限ってどうした風の吹き回しだ』

『毎日、自宅の前をＢＬＭのデモ行進が通るのよ。防音仕様の練習室でも集中できないって』

『練習する場所なんて他にいくらでもあるだろう』

『決まった場所、慣れたピアノでないと駄目なのよ。少しはピアニストの繊細さを理解してほしいわね』

『繊細さか。確かにピアニストには必要な資質かもしれないが、エドの演奏を観に来る客はそんなものを求めているだろうか』

『何が言いたいの』

『サプライズと言うかプレミアムな何かが欲しい。客というのは果てしなく欲張りで身の程知らずなものだ。二百ドルのチケットを買ったら四百ドルの内容のステージを観たがる』

『エドワード・オルソンのピアノには元々四百ドルの価値があるわ』

ジョージはやれやれと肩を竦《すく》めるだけだった。これ以上会話を進めても得るものはない。そう判断したセリーナはジョージのグラスに次々に酒を注《つ》ぎ足していったのだ。

ちびちびコーヒーを啜《すす》っていると、次第に頭痛も薄らいできた。各州で押さえていたホールの館長たちに進捗をメールで伝えると、昼近くになっていた。

そう言えば、エドワードがランチに選んでいたファストフードの店は暴漢の仕業により、しばらく休業を余儀なくされているらしい。

セリーナは心配になる。放っておけばエドワードは昼飯抜きで弾き続ける男だ。練習もいいが、健康面のケアを怠ってツアーに支障が出たら元も子もなくなる。

セリーナは軽装に着替えるとマンションを出た。何か腹持ちのするものを差し入れてやるつもりだった。ミート・パッキング・ディストリクトはステーキハウスやタコスの店で溢《あふ》れ返っている。一品くらいはエドワードが好むようなファストフードをテイクアウトできるだろう。

途中でハイラインパークに足を踏み入れる。古い高架鉄道の上に作られた開放的な公園で、季節の草花とオブジェに彩られている。セリーナはこの通りを歩くのが好きだった。石畳の路地を歩いていると、ここが以前違法ドラッグの売買コーナーとして賑わっていたのが嘘のように思えてくる。

エドワードはハイラインパークまで足を延ばしているのだろうか。彼の健康面をケアするのなら食事だけではなく、気分転換にも気を配らなくてはならない。彼はいつも底抜けに明るく振る舞っているが、あれは見せかけに過ぎない。家庭環境なのか生来の性格なのか人前ではつくろっているが、本来のエドワードはもっと内省的なのではないかとセリーナは睨んでいる。

内向的な人間には放牧が必要だ。練習に明け暮れるのもいいが、時折は本人を誘って公園に連れ出してみるとしよう。

通りを眺めていて、ふと目がいった。

ビルとビルの間を縫う細い路地に白人の男同士が何やら話し込んでいる。よく見れば手の中に収まりそうなポリ袋とドル紙幣を交換しているではないか。

着ているもので男たちがホワイトトラッシュであることは見当がつく。二人ともまだ二十代の顔をしている。若いうちから違法ドラッグの売り買いをしているようでは、あの二人の将来も決して芳しいものではない。

アメリカンドリームという言葉通り、この国には夢がある。しかしエドワードのような人間には輝かしい夢の国でも、他の者には絶望の国でもある。才能や才覚さえあれば夢が摑めるというのは、逆の言い方をすれば才能も才覚もなければ死ぬまで社会の底辺で泥水を啜らなければならないということだ。

違法ドラッグの売買コーナーは今でも現行という訳か。トラブルに巻き込まれるのはご免こうむりたいので目を逸らそうとしたがひと足遅かった。ドル紙幣を受け取ったブロンド男が目《め》聡《ざと》くセリーナの視線を察知した。

「何、見てるんだよ」

まずい、と思った時には腕を掴まれていた。あっという間に路地に引《ひ》き摺《ず》り込まれる。

「見ていたんだろ」

「この辺の住人じゃなさそうだな」

「住人じゃないなら、街のモラルも知らなそうだな」

二人の男は剣呑《けんのん》な空気を醸している。一刻も早く逃げ出せと、セリーナの中で警報が鳴り響く。必死に腕を振りほどこうとするがびくともしない。

「来い」

ブロンド男ともう一人のブラウン髪男二人に両脇を取られ、セリーナは身動きが取れない。

「誰にも言わない」

「黒人《ニガー》の言うことなんか信用できるか」

次の瞬間、左の頬に焼けるような痛みが走った。

力いっぱい平手で張られたのだ。

痛みとともに驚愕《きょうがく》と屈辱が感情を支配する。

「おい、両脚を押さえてろ」

ブラウン髪男が手を離した一瞬、セリーナはパンツのポケットに忍ばせていた催涙スプレーをブロンド男にお見舞いしてやった。

ブロンド男は短く呻いて仰《の》け反《ぞ》る。

今だ。

セリーナは脱兎《だっと》のごとく駆け出して表通りに逃げる。

だがブラウン髪男の手が伸びてきてセリーナの服の裾を摑む。

「放してっ」

「うるさい」

何を買ったか露見すると都合が悪いのだろう。ブラウン髪男は何としてもセリーナを行かせまいとする。セリーナはセリーナで必死に逃走を図る。

無我夢中で振った右腕がブラウン髪男の顔面にヒットした。

ブラウン髪男の手が離れたのを幸い、セリーナは石畳を這うようにして脇道から抜け出る。

「助けてえっ」

喉も裂けよとばかりに大声で叫ぶと、ベンチで寛《くつろ》いでいた家族連れやカップルがぎょっとした顔でこちらを見た。

もう大丈夫だ、と思ったが早とちりだった。伸びてきた手が今度は左の足首を摑む。

反射的に右足を伸ばすと、これも偶然男の顔に命中した。ブラウン髪男は短く叫んで手を離す。

ようやく立ち上がると、声を聞きつけたらしい警官二人がこちらに駆けてくるところだった。

ああ、助かった。

安心のあまり全身から力が抜けそうになる。

「何の騒ぎだ」

二人のうち、年嵩《としかさ》の警官にセリーナが事情を話そうとした時、若い方の警官が路地に倒れているブラウン髪男を発見した。

「うわ。どうしたんだ、あんた。血塗れじゃねえか」

セリーナの蹴りが鼻に命中したらしく、男は鼻から下が流血で斑《まだら》になっていた。

「こ、この女が僕に殴る蹴るの暴行を加えたんです」

「何だって」

「お前みたいなホワイトトラッシュがいるからあんな大統領が選ばれるんだって」

セリーナは自分の耳を疑った。いったいぜんたい、どこからそんな話が出てくるのか。

ところが年嵩の警官は怪訝《けげん》そうな表情に変わり、セリーナとブラウン髪男を見比べる。

「彼は血塗れだが、あんたは無傷なんだな。彼の言ったことは本当か」

「この男ともう一人が路地裏でドラッグの受け渡しをしていて」

「もう一人。そいつはどこにいるんだ」

セリーナは慌てて路地を見る。ブロンド男はいつの間にか姿を消していた。

「その女が一方的に殴りかかってきたんです」

「嘘です。彼らは本当にドラッグとおカネをやり取りしていました」

「君、この女はこう言っているが、本当に違法ドラッグを売買したのか」

「まさか」

ブラウン髪男は両手を挙げて恭順の意を示す。若い警官が身体検査をするが、こちらを向いて首を振るばかりだった。おそらく警官がやってくる数分の間に処分したのだろう。

「あんたはドラッグの取引があったと言うが、彼はドラッグを持っていない。あんたは自分が一方的に殴りかかったというのは嘘だと言うが、実際に血を流しているのは彼だけだ」

強圧的な物言いに、セリーナの身体が硬直する。

この期に及んでやっと気がついた。

警官たちがセリーナに向ける視線は被害者に向けるそれではない。

白人が黒人に向ける目だった。

「あんたが手に握っているものは何だ」

ずっとスプレー缶を握り締めていることを忘れていた。年嵩の警官に手首を捻《ひね》られ、セリーナの掌《てのひら》から催涙スプレーが転がり落ちる。

「大層な武器を持っているじゃないか」

「これは護身用で」

「スプレーの液体には刺激物が含まれていて、吹きかけられたヤツは激痛のためにしばらく身動きできなくなる。護身用と謳っているが、立派な凶器にもなる。総合的に考えて彼の言い分が正しいんじゃないのか」

セリーナは返事に窮《きゅう》する。

反論はできる。しかし反論が必要になる事態になるのは全くの想定外だった。

「後ろを向いて壁に両手を突け」

いよいよまずい。

「俺は黒んぼを信用しないんだ」

「パンツの左ポケットに身分証が入っているから検《あらた》めて」

年嵩の警官が無遠慮に手を回してくる。嫌悪感を我慢していると、ようやくこちらの素性を知った様子だった。

「何だ。あんた、プロダクションに所属しているのか」

「エドワード・オルソンのマネージャーをしているわ」

エドワードの名前を出した途端、空気が一変した。

「それを早く言ってくれ」

年嵩の警官が馴れ馴れしく肩に触れ、セリーナの向きを変えさせる。

「手荒な真似《まね》をするつもりじゃなかった。一応、取り決めでな」

「身分証、偽物かもしれないわよ」

「プロダクションの社員を、しかもエドワード・オルソンのマネージャーを騙《かた》るような偽者はそうそういやしない」

「黒んぼは信用しないんじゃないの」

「あんたみたいな黒人は別だよ」

年嵩の警官はブラウン髪男の傍《そば》に向かい、もう一人の警官とともに詰め寄る。

「とにかくお前も署に来てもらう。もし告白したいことがあるなら、今のうちに吐いた方がずっと楽だぞ」

どうやら濡れ衣を着せられずに済みそうだ。セリーナはほっと安堵《あんど》したが、同時にむらむらと怒りが込み上げてきた。

『あんたみたいな黒人は別だよ』

自分の手をじっと見る。

褐色の肌。

どう見ても自分は黒人だ。

いったいどこが特別だと言うのだろうか。

『名誉白人』という不名誉な言葉が脳裏に浮かぶ。

その場に唾を吐きたくなるのを、セリーナは何とか堪《こら》える。

＊

午後になるとアメリアは一人だけのカフェタイムを楽しむ。ちょうど通りのデモ行進が終わり、辺りには静寂が訪れている。

コナコーヒーとキャラメルナッツを少し。これがアメリア定番のアフタヌーンティーだ。

甘い香りを楽しみながら、アメリアはふと幼少の頃を回想する。まだまだ昔を懐かしむような齢ではないが、夫のスティーブを亡くしてからというもの、将来よりも過去に思いを馳《は》せる時間が長くなった。

アメリアは裕福な家に生まれ育った。父親の経営する不動産会社は折からの土地需要に乗り倍々ゲームで業績を伸ばしていたのだ。何不自由ない生活で、アメリアは幼児にして自分たちが特権階級であるのを体感していた。洒落た服に週末のパーティー、メイドのいる家、広い個室。そうした生活は永遠に続くものだと信じていた。

だが太平洋戦争で父親が従軍すると、家計は一気に傾いた。経営者不在に加え、国家総動員という特殊事情が土地価格を引き下げたのだ。

父親の戦死報告書が届いたのはアメリア五歳の時だった。それまで困窮を知らなかったアメリアにとって四〇年代は忌まわしい記憶でしかない。働きに出たのも、親以外から命令されて唇を噛《か》んだのも初めてだった。

最初から貧しかったのならまだ我慢もできたのだろうが、裕福な暮らしをしていたアメリアにとっては毎日が苛酷だった。雇い主はメキシコ人で、アメリアを小間使いのように扱った。アメリアのヒスパニック系嫌いはこの時に生まれたものと言っていい。

二十二歳でスティーブと知り合い、彼の家が富裕だったお蔭でアメリアはようやく貧乏生活から抜け出すことができた。だが父親を奪った日本人と、自分を奴隷のようにこき使ったメキシコ人に対する憎悪はいささかも減じなかった。

やがてハロルドが生まれ、アメリアは母親としても幸福を享受するようになる。ハロルドは生来聡明《そうめい》な子で、養育にさほどの苦労はなかった。むしろ父親のスティーブの方が教育熱心だった。

息子を誉れ高い軍人に育てんがために。

建国から続く軍人の家では、男子は必ず兵役に就くのが習わしだった。父親を戦争で亡くしているアメリアにとって生理的に受けつけない家風であったが、それを承知の上で嫁いだ身の上なので異議申し立ては許されなかった。

次男のエドワードが生まれた時も、スティーブは喜んだが、それは家から二人も軍人を出せるからだった。

自分は軍人を産むための腹に過ぎないのか。

そこで子どもだちが物心つく頃に情操教育の一環との触れ込みでピアノを買い与えた。アメリアにとってはスティーブに対するせめてもの抵抗だったが、エドワードにピアノの才能があったのは望外の喜びだった。エドワードの才能が開花し、遂にショパンコンクールのファイナルにまで勝ち進んだ際には本人以上に晴れがましい気分だった。

そのスティーブもソマリアでの作戦遂行中に戦死した。アル・シャバブの武装勢力への攻撃のさ中、爆撃で木っ端微塵に吹き飛んだと聞かされた時には全てのアラブ人を憎んだものだった。

父親を日本人に殺され、最愛の夫はアラブ人に殺された。娘時代にはメキシコ人に酷使された。

異民族に蹂躙《じゅうりん》された人生だったと思う。これ以上、自分の家族を、そしてこの国を異民族どもに汚されてなるものか。アメリカは神の国なのだ。

巷《ちまた》ではＢＬＭとかいう運動が活発らしいが、アメリアは自然災害の一種くらいに捉えている。いっときは熱を帯びても時が経てば鎮静化する。この国はそういう国だ。

物思いに耽《ふけ》っているとエドワードがやってきた。

「母さん。セリーナはまだ来てないのかな」

「今日はまだ顔を見ていないけど。どうしたの」

「いつもはこの時間に様子を見に来るはずなんだけどね」

「セリーナの監視がないと練習に身が入らないの」

「そんなことはないけど、いつもあることがないと気になる」

「電話したの」

「既読がつかないんだよ」

エドワードは物憂げに首を横に振るとテーブルの上にあった新聞を取り、練習室へと戻っていく。

セリーナか。

アメリアは黒人も好きではなかった。エドワードのマネージャーとしてセリーナを紹介された際も、内心では嫌悪感が渦巻いていた。だがエドワードがここまで有名になったのは、偏《ひとえ》にセリーナの手腕によるものと認めざるを得ない。

いつしかアメリアは、セリーナを「肌の黒い白人」と認識するようになった。セリーナであればアメリアたちの仲間に加えてやってもいい。

アメリアはカップの底に残る甘い香りを名残惜しそうに嗅いだ。

4

練習室に戻ったエドワードは『ニューヨークタイムズ』のエンターテインメントページを開いて釘付《くぎづ》けとなった。

『ヨウスケ・ミサキとリュウヘイ・サカキバ　世紀の二台ピアノ』

懐かしい名前が二つも並んでいる。エドワードは急いで記事を貪り読む。

『十一月十七日、トーキョー文化会館において、とんでもないサプライズが起きた。リュウヘイ・サカキバのコンサートの終盤、アンコールのピアノコンチェルトにヨウスケ・ミサキが姿を現したのだ。二人が奏でたのはモーツァルトのピアノ協奏曲第10番　変ホ長調K．３６５第三楽章。十分にも満たないパフォーマンスにも拘わらず、二人の二台ピアノはかつてない感動を観客にもたらした』

記事を読み終えたエドワードは興奮を隠しきれない。十七日と言えば昨日のことだ。練習に集中するあまり、こんなトピックスにも気づかない有様だった。

早速タブレット端末を持ち出し、二人の演奏がアップロードされていないか検索する。見つけた。

さほどの苦労もなくお目当ての動画がヒットし、エドワードは再生を開始する。

まずヴァイオリンが先頭を切る。開放的な主題を高らかに歌い上げると、それがスタートの合図となった。プリモを担う榊場《さかきば》とセコンドを担当する岬《みさき》、二人の呼吸がわずかに乱れただけでユニゾンは台無しになる。エドワードは息を詰めるように二人の演奏を見守る。

だが二人のピアノにはいささかの不安もない。

榊場のピアニズムの本質が天衣無縫《てんいむほう》さなら、岬のそれはどんな相手にも対応できる全能さだろう。榊場がどれだけスピードを上げても平然と併走してくる。一方でトラックからはみ出すのを、さりげなく元に戻す。

同じピアニストとして、エドワードにはモニター越しに二人の息遣いが手に取るように分かる。寸分の狂いもないユニゾンがリズムを刻むと、観ているエドワードの心拍数がどんどん上がっていく。

圧巻は岬からのプレイだった。先行する岬を追いかけて榊場が懸命に疾《はし》る。二人のピアノに導かれるようにオーケストラが覚醒し、メロディとともに感情が昂《たかぶ》っていく。二台のピアノが異なる音型を奏でるのがこの楽章の特徴だが、榊場と岬のピアノはそれに留まらない。同じ主題を反復しているだけなのに緊迫感が増し、曲のもたらす愉悦を倍加させている。

そしてコーダが訪れる。

プリモとセコンドは一歩も譲らず、その間隙をオーケストラが繋《つな》いでいく。榊場が高速で指を走らせると、岬も負けじと呼応する。エドワードにはホールの空気が刻まれていくのが皮膚感覚で察知できた。

最後に二人の打鍵が火を噴いた。不安を払い除け、生きる喜びを朗々と謳い上げる二台ピアノ。その後をオーケストラが優雅に纏《まと》めて曲が終わった。

束《つか》の間の空隙の後、万雷の拍手と歓声が湧き起こる。

『ブラッボーッ』

動画はそこで途切れた。

エドワードは視線を画面に向けたまま呆然《ぼうぜん》としていた。

何だ、この演奏は。

今まで二台ピアノは何度も見聞きしてきた。それぞれに心を動かされ、教えられることも少なくなかった。

だが岬と榊場の二台ピアノは別格だ。個性の異なる二人が演奏すると、互いの特質を打ち消し合って凡庸な内容に堕することが少なくないが、この二人の場合は互いのピアニズムが化学反応を起こし、1プラス1が3にも4にもなっているのだ。

ざわっと全身が総毛立つ。この感覚は初めてのものではない。六年前、ショパンコンクールのファイナルで味わった衝撃の再来だった。

居並ぶファイナリストの中でエドワードが最も感銘を受けたのは、惜しくも入賞を逃した岬その人のピアノだった。演奏中にアクシデントに見舞われ、即興で弾き始めたショパンのノクターン第2番は観客の喝采を浴びたばかりか、遠く離れたアフガニスタンの民の救出劇にもひと役買った。世に言う〈五分間の奇跡〉だ。

あのノクターンにも驚嘆したが、この二台ピアノを聴くと岬のピアニズムが更に進化を遂げていることに気づく。同じピアニストとして嫉妬を覚えるものの、それ以上に憧憬を抱く。

榊場が羨ましくてならない。二人の競演はおそらく土壇場で決まったに相違ない。最初から競演の話があれば二枚看板で告知していたはずで、世界中のクラシックファンが見逃さない。別の言い方をすれば、土壇場で共演が可能になる程度に二人は近しかったことになる。

あの日、ファイナルに残ったピアニストたちは等しく岬のピアノに魅せられた。誰もが一度は彼と競演したいと夢見たはずだ。

榊場に先を越された。

しかもこんなサプライズを仕掛けて。

羨望と感激で頭が沸騰したまま、岬の動向を調べてみる。だが東京文化会館《とうきょうぶんかかいかん》での登場以降、彼のスケジュールについて言及された記事は見当たらなかった。

しばらくして思い出した。今年、岬は欧州で演奏旅行中、何を思ったか数年先までのスケジュールを全てキャンセルしていたのだ。その理由が榊場のコンサートにゲスト出演するためとは到底思えないが、事情を知る者はいないらしい。

ふとエドワードは閃《ひらめ》いた。


翌日、いつものようにセリーナが練習室を訪れた。

「昨日はどうかしたのかい」

エドワードが何気なく尋ねると、セリーナは不快さを微塵も隠そうとしなかった。

「共和党の今後について、警官とディスカッションしてきたわ」

何のジョークかは分からなかったが、彼女が不機嫌なのは見てとれたので深く追及しなかった。

「曲は決まったの。ジョージがやきもきしていたわよ」

「それなんだけどさ」

一瞬エドワードは躊躇《ちゅうちょ》したが、思い切って口を開いた。

「やっぱり、僕は〈ラプソディー・イン・ブルー〉を弾きたい」

そこからは自然に言葉がこぼれてきた。

「フェルの店が暴漢たちに襲われた話は、もうしたよね。あれからずいぶん考えた。セリーナは、僕にヒーロー願望があるからと言った。もう、それは否定しない。否定しない前提でもう一度考えてみたんだ。セリーナ、僕はとても憤っている。フェルを襲った暴漢たちにはもちろん、その暴漢を生み出したこの国に」

セリーナは呆気《あっけ》に取られたようにこちらを見ている。ままよ。ここまで心情を吐露してしまえば、もう何を思われてもいい。

「僕はハロルドのように勇ましくもないし、君のように賢くもない。だからこの国に起きていること、起きようとしていることを腕力や言葉で防ぐことはできない。でも、音楽を奏でることはできる」

「音楽で人間の敵意を喪失させるの。あの〈五分間の奇跡〉のように。あれはアクシデントと偶然が重なり合った、文字通りの奇跡だったのよ。エド、あなたはこのニューヨークであの奇跡を再現させようというの」

「そんな大それたことは考えていないよ、セリーナ。ただ、僕は僕にできることをしたい。でなければ一生後悔するような予感がするんだ」

　エドワードはセリーナを正面から見据えた。

「金持ち連中が喜ぶような曲、劇場主がリクエストする曲、耳に馴染んだ分かりやすい曲。それぞれに演奏する価値がある。魅力もある。だけど、今僕が弾きたいのは、異なった民族、異なった音楽でも融和できることを証明する曲なんだよ」

「わがままなピアニストね」

　セリーナは腕組みをしてこちらを睨み返す。

「ショービズをまるで無視している。自分の好きなことをしていいのは、好きなことをしても客を呼べるプレーヤーだけよ」

　セリーナはいつでも辛辣だ。何の遠慮も忖度《そんたく》もない。だからこそ信頼できるビジネスパートナーであり、有能なマネージャーだ。

　だが今回だけはわがままを通させてもらう。エドワードが徹底抗戦を覚悟し、口を開こうとしたその時だった。

「エド。あなたがそういうプレーヤーになる時がきたのかもしれない」

「……もう一度、言ってくれないかな」

「あなたのわがままを聞いてあげると言ってるのよ」

セリーナは何かに怒っているようだった。

「どうしたんだい。前回はあんなに渋っていたのに」

「あなたのピアノで、肌の色の違う者同士が握手するのを見てみたい。動機はそれで充分でしょ」

気まぐれかもしれないが、セリーナの心変わりに乗るしかない。

「ありがとう。さすが僕のマネージャーだよ」

「言っておくけど手放しで賛成する訳じゃないのよ。ただ〈ラプソディー・イン・ブルー〉を演《や》るだけだったら、集客が見込めないという理由で各ホールの支配人や館長が首を縦に振らないかもしれない」

「これ、読んだかい」

十八日付の『ニューヨークタイムズ』を受け取ったセリーナは、一瞥《いちべつ》するなり机の上に放った。

「読んだ。ヨーロッパ・ツアーを全て投げうってどこに雲隠れしたかと思ったら、同じファイナリストのゲストでサプライズ出演とはね」

「彼と競演するというアイデアはどうかな」

「競演って、〈ラプソディー・イン・ブルー〉を二人で演奏するというの」

エドワードは自信たっぷりに頷《うなず》く。元々〈ラプソディー・イン・ブルー〉はガーシュウィンが二台ピアノを想定して作曲したものだ。それをファーディ・グローフェがオーケストラ用に編曲し、最終的にガーシュウィン自身が弾くピアノと小編成のジャズバンド版が完成した経緯がある。ただしこの版は、グローフェがホワイトマン楽団での演奏専用に編曲したものであり、木管楽器に頻繁な持ち替えを要求するなど特異なアレンジがされているため、公式の出版はされずグローフェの手書きの楽譜のみが残されている。

「そもそもは二台ピアノのために作られた楽曲だ。現在広く知られている楽譜を分解して再構築すればいい」

セリーナは腕組みをしたまま何やら考え込んでいる。おそらくエドワードと岬の共演がクラシックファンにどれだけのインパクトを与え、どれほどの集客を見込めるのか計算しているのだろう。

やがて腕を解いてセリーナが口を開く。

「とても魅力的なアイデアだと思う。ショパンコンクールのファイナリスト二人の競演なら各ホールの館長も諸手《もろて》を挙げて賛成するでしょうね。何より個人的にわたしが観たいと思う」

「だろうね」

「でも問題が二つ。まずミサキがわたしたちのオファーを受けてくれるのかどうか」

「彼は受けてくれるさ。必ず」

エドワードに根拠と呼べるものは何もなかった。だが彼と何度か言葉を交わし、その演奏を聴くと、何とか説得できるような気がするのだ。

「二つ目。今、彼はどこにいるの」

それがエドワードにとっても一番の問題だった。

「探してくれ、セリーナ。名だたるプロモーターという知己を得ている君ならきっと見つけられる。ミサキを見つけて、僕が直接交渉できるようにセッティングしてくれ」

セリーナは無理難題を言うなと目で訴えていた。

Ⅱ

animoso appassionato

アニモーソ　アパッショナート

〜勇敢に、熱情的に〜

1

音楽に国境はない、とエドワードは固く信じているが、音楽家の中にはそれをファンタジーと一蹴する向きもある。

たとえば黒人霊歌は奴隷制度下に誕生した宗教音楽だが、元々存在していた黒人の伝統音楽がアメリカ南部の福音主義的キリスト教文化と接触したという背景がある。従って圧制と従属を知らない者には深い部分での理解ができないと指摘するのだ。

またアルゼンチンタンゴは、スペインやイタリアからの貧しい移民たちのフラストレーションのはけ口として酒場で生まれた。当然のことながら、その境遇と鬱屈とは無縁の富裕層には本当の魅力が分からないと言う。

音楽の成り立ちに境界線がある以上、国境も存在するという理屈は確かに頷ける。だが他方、生粋のアジア人であるはずの榊場や岬はポーランドのショパンをあんなにも深く理解しているではないか。

結局は困難に挑戦し、成功するか否かの問題なのではないかとエドワードは考える。民族や歴史の境界線を突破した者が、音楽の世界を拡《ひろ》げていく。榊場や岬はその尖兵《せんぺい》なのだ。

そう考えた時、〈ラプソディー・イン・ブルー〉を岬との二台ピアノで演奏するという試みはますます魅力的に思えてくる。だが肝心の岬とまるで連絡が取れない現状では、いくら魅力的でも絵空事にしかならない。今日もエドワードは練習室に籠《こも》って鍵盤を叩いているが、いつものように集中できないのは岬との競演が頭にあるからだった。

思うように指が動かない。歯痒《はがゆ》さに焦《じ》れていると、ドアをノックする者がいた。

「どうぞ」

入ってきたのはセリーナだった。声の様子からエドワードの機嫌に気づいたらしく、気遣うような笑みを浮かべている。

「調子は」

「知っていることを確認しようとするのは君の悪い癖だ」

「話さなければ分かり合えないことが多いのよ。特にこの国では」

セリーナは窓際の椅子に腰を下ろす。

「ナーバスになっている理由は」

「ミサキがまだ捕まらないからだ。そんなこと、君の方が知っているだろう」

エドワードは恨みがましく抗議するが、セリーナは知らん顔をしている。

「名だたるプロモーターという知己を得ている君が奔走してもミサキの影すら捕まえられない。

いったい彼はまだ日本にいるのか。いるとしたら、どうして連絡が取れない」

「確かに多くのプロモーターと知り合いだけど、そのプロモーターに全くと言っていいほど情報が入っていないから、まるで意味がないわね」

「まさか言い訳をするためにやってきたのかい」

「朗報よ、エド。ヨウスケ・ミサキのマネージャーとコンタクトが取れた」

「本当か」

　思わず腰を浮かしかけた。

「ミサキの動向を一番知っている人間でしょ。変にプロモーターのコネクションを使うより、よっぽど確実」

「それで、今ミサキはどこにいるんだ」

「慌てないで。まだ彼のマネージャーとコンタクトが取れたってだけ。情報収集と出演交渉はこれからよ」

「いつ会うんだ」

「お昼の二時、〈ザ・プラザニューヨーク〉のラウンジ。ファースト・コンタクトにザ・プラザを指定してくるなんて結構見栄《みえ》っ張《ぱ》りな男よね」

　マネージャーが見栄っ張りだろうがラフだろうが、どうでもいい。今はとにかく岬の消息を知りたかった。

「僕も行く」

「え。ちょっと待って」

さすがにセリーナは聞き咎めた。

「まだ情報収集の段階と言ったわよ。マネージャー同士の折衝にタレントが同席してどうするのよ」

「セリーナを信じない訳じゃないが、ミサキのマネージャーから直接事情を聞きたい。数年先までのスケジュールを全部キャンセルしてまでいきなり帰国したのは何故《なぜ》なのかを知りたい」

「でも」

「ミサキ本人がどんな人物なのかは僕も知っている。残る懸案は、折衝役のマネージャーの性格だけだ」

エドワードが言い出したら聞かない性分であるのは、長年マネージャーを務めているから熟知している。セリーナは短く嘆息すると、「ランチ代わりのアフタヌーンティーになるわね。ザ・プラザのラウンジに行くんだから、せめてその草臥《くたび》れたパジャマは着替えなさい」

午後二時五分前、エドワードとセリーナはザ・プラザのロビーラウンジ〈ザ・パーム・コート〉に到着した。大理石の柱に挟まれた入口にはアフタヌーンティーのメニューが台座の上に置かれている。

・Fitzgerald Tea for The Ages $60
・The New Yorker $50
・Chocolate Tea $60
・Eloise Tea $50

ランチには庶民的なタコスがお気に入りのエドワードにはまごつくメニューだが、まさかザ・プラザが安価なファストフードを提供するとも思えない。セリーナに先導される格好で、ボーイの誘うテーブルに座る。

「本人が来る前にミサキのマネージャーがどんな人物なのか教えてくれないか」

「名前はレナード・マーティン、人伝《ひとづて》の話では若いけど老獪《ろうかい》。抱えているタレントは少ないけれど、その誰もが注目株。ショービズの世界じゃまださほど有名じゃないけど、めきめき頭角を現している」

「知りたいのは性格なんだけど」

「それは会ってみなくちゃ分からない。でも若いけど老獪なんて噂《うわさ》がある時点で推して知るべしね。この業界で老獪というのはモンスターと同義なのよ」

その時、ボーイと一緒に長身の男性がテーブルに近づいてきた。

「ミスター・エドワード・オルソンとミズ・セリーナ・ジョーンズですね。はじめまして、レナード・マーティンです」

若いというのは本当で、髪も肌も艶々としている。下手をすればエドワードよりも年下なのではないか。差し出された手は女の掌のように華奢《きやしゃ》だった。

「お待たせしましたかね、ミズ・ジョーンズ」

「セリーナで結構です。二時ジャスト。時間に正確な人は好きですよ」

「それはどうも」

事前に抱いていたイメージとは違い、ひどくフランクな態度にエドワードは戸惑う。

「ザ・プラザまではどうやって来られましたか」

「タクシーです」

「わたしもタクシーを使ったのですが、五番街はＢＬＭのデモで通行できない場所があって迂《う》回《かい》してきました。約束の時間に間に合うかどうか、はらはらしましたよ」

「時間に正確な人は好きですが、無駄話しない人も好きです。早速ビジネスの話をしましょうか」

もう少し相手のキャラクターを把握してから本題に入ってもいいと思うのだが、セリーナはレナードの外見から手探りを放棄したらしい。

「ミスター・エドワード・オルソン。わたしは以前からあなたのファンでして」

形通りの社交辞令をしているうちにボーイがお茶を運んできた。

「さて。ミサキとの競演を希望するということでしたね。何か具体的なビジョンがあるのですか」

「企画内容の前にヨウスケ・ミサキがどこにいるのかを確認したいですね。日本でリュウヘイ・サカキバと競演したことまでは知っている。それで、今彼はどこにいるの。そもそも数年先のスケジュールまで全部キャンセルした理由は何なの」

「そこからですか」

「そこからでないと始まらないでしょう」

セリーナは隣に座るエドワードを示す。

「そもそものオファーはエドワードからの希望だけど、マネージャーとしてはゲストがどんなパーソナリティであるか知らないままでは済まされない」

「では何かミサキについて悪評でも立っていますか」

「悪評は聞いてないわ」

「でしょうね。わたしが知る限り、ミサキほど紳士的なピアニストはいない。謙虚で穏やかで常識人で、アーティストにありがちな独善にも無縁の人物です」

「その、独善とは無縁の人物が、どうして数年先のスケジュールを全て放棄するなんて真似をしたのですか。契約内容あるいはオファーした側に何か問題でもあったのですか」

「どうして、この世界はそういう話だけあっという間に伝わるのか」

レナードはユーモアを交えて片手で額を押さえる。

「それはそうでしょう。どんなプロモーターも、既に決定したコンサートを一方的にキャンセルされるほど痛いものはありません」

「ええ、お蔭で違約金はウチのプロダクションが破産するような金額に膨れ上がっています」

商売っ気のないエドワードでも違約金の巨《おお》きさくらいは承知している。数年分のコンサートを一方的にキャンセルすれば、違約金も百万ドル程度では済まないだろう。堪えきれず、エドワードが二人の間に割って入る。

「ミサキがスケジュールをキャンセルした理由を教えてください」

レナードはセリーナとエドワードの顔を交互に確かめる。

「今回、わたしたちにいただいたオファーの本気度によって態度を決めさせてください」

するとセリーナは持参したバッグからファイルを取り出した。

「キャンセルの理由が正当なものであれば、この場で仮契約してもいいわよ」

「直截《ちょくせつ》ですね」

「まどろっこしい駆け引きは苦手なの」

嘘吐《つ》け、とエドワードは思う。セリーナは深慮遠謀《しんりょえんぼう》がヒールを履いているような女だ。ただ相手を見てやり口を変えているだけではないか。

セリーナの出したカードに惹かれた様子で、レナードは笑みをこぼす。

「そちらの本気度は確かめさせてもらいましたのでお話ししましょう。ミサキは紳士的な人間ですが、それ以上に騎士道精神の持ち主なのですよ、困ったことに」

レナードの口から語られたのは、岬が十年前に交わした口約束を履行するために全てをほっぽり出して帰国したという衝撃の内容だった。

「司法修習生時代の友人が刑事被告人になったと知るや否や、わたしの制止の手を振り切ってブダペストから出国してしまいました。コンサートツアーの真っ最中だというのに」

エドワードは思わず尋ねた。

「司法修習生時代。まさかミサキは法曹界を目指していたのですか」

「司法試験に合格した後、しばらく研修所にいたのですが、卒業間際になってピアニストに転向したと聞いています」

一瞬、言葉を失う。

司法試験を突破するのが困難なのはアメリカも日本も同様だ。試験勉強に費やす時間も相当に必要で、とんでもない競争を勝ち抜いてようやく資格を手にできる。

だが岬はそれほど苦労したはずの法曹界行きチケットをあっさり放り投げ、同じ指で鍵盤を選んだという。しかもその数年後、選りに選ってショパンコンクールのファイナリストに名を連ねるのだ。

天は二物を与えずというのは嘘だと思った。時として複数の神が一人の人間に微笑《ほほえ》みかける。岬の場合はミューズとテミスだ。

「なかなか感動的なエピソードですが、では土壇場でキャンセルというパターンは今回が初めてではないのですね」

セリーナは意地悪く質問する。相手の機嫌を悪くするのは承知の上で、念には念を入れているのだ。

「ここで交わした仮契約も、事情が変わればまた反故《ほご》にされると危惧しているんですか。それならご安心を。ミサキは、もう負債で雁字搦《がんじがら》めになっていて身動き一つできません。動かせるのは十本の指だけですよ」

レナードは皮肉っぽく己の十指をぷらぷらと振ってみせる。

「僕なら中指だけ立てて逃げるところだな」

下品なジョークに、セリーナがこちらを睨んだ。

「そういう事情でミサキは仕事を断れない状況にあります。キャンセルしたコンサートを復活させようという動きもあります。こちらとの仕事がキャンセルになる惧《おそ》れはないと思ってください」

「まるでミサキは奴隷ね」

「まるで、ではなく、まさしく、ですよ」

「本人はとても後悔しているでしょうね」

不意にレナードは口を噤《つぐ》む。微笑に誤魔化されてかセリーナは追及しないが、エドワードは痛快な想像を組み立ててみる。

岬は己の決断に決して後悔していない。

億単位の違約金が発生しようとも、友のためならば地球の裏側からでも駆けつける。ショパンコンクールでの立ち居振る舞いを見ていたエドワードには、岬の行動が容易に理解できた。

「後悔しているでしょうけど、肝心なのはミサキの消息よ。今、彼はどこにいるの」

「十一月二十二日、つまり昨日の午後三時に成田《なりた》空港から発《た》ったのは確認できています」

エドワードはスマートフォンを取り出して所要時間を検索する。成田空港からニューヨーク（ニューアーク・リバティ国際空港）までの直行便の飛行時間は往路で約十三時間とある。昨日の午後三時に発ったのなら、あと二時間ほどで到着するはずだ。

「ミサキ本人に出演の可否を確認していますか」

「エドワード・オルソンの名前を出したら二つ返事でした。もっとも彼の返事を優先させる余裕なんてありませんがね」

「ではこれにサインしてください」

セリーナは仮契約書をレナードの前に差し出す。

「ミサキのサインを確認次第、前金を振り込みます」

レナードは仮契約書にさっと目を通した後、真意を探るような目でセリーナを見る。

「内容については後日改めてお話ししましょう。ミサキの意見も聞かなくては」

そして自身のカバンに仕舞い込むとカップに残っていた紅茶をひと息に呷った。

「では、これから彼を迎えに行ってきます」

僕も一緒に、と言おうとした寸前、セリーナに止められた。

「色々とご心配の様子なので、サインはあなた方の目の前でさせますよ。それでは失礼」

席を立ち、レナードはそそくさと立ち去ってしまった。

「エド。あなた、空港に同行しようとしていたでしょ」

「六年ぶりの再会なんだぞ。それくらい構わないだろ」

「どこの世界にライバルの追っかけをするピアニストがいるのよ」

「どんなピアニストにも憧れの対象がある。セリーナだって〈五分間の奇跡〉については奇跡と認めていただろう。あれだってアクシデントと偶然が重なっただけじゃ成立しなかった。ミサキというピアニストがいたからこそ生まれた奇跡だった」

「その奇跡のピアニストがエドとの競演で活路を見出そうとしているのが分からないの」

セリーナは窘《たしな》めるように言う。

「どういう意味だよ」

「数年先までのスケジュールを全てキャンセルしたら、いくら奇跡を起こすようなピアニストでも信用を失う。今のミサキがそうよ。彼がショービズの世界で信用を取り戻すには地道にコンサートを開いて実績を作るしかない」

「僕とのコラボレーションが、その地道なコンサートの一つだって言うのかい」

「既に日本でサカキバとの競演を果たしている。きっとレナードの指示なのだろうけど、トーキョー文化会館でのサプライズはかなりのインパクトがあった。彼らはあの公演の再現を狙っている」

「ちょっと待てよ。今回は僕らの方からオファーしたんだぜ」

「わたしたちが声を掛けなくてもレナードの方から各方面に話がいっていたと思う。現状はあくまでもわたしたちが優位に立っているんだから、エドの方から尻尾を振るような真似は止《や》めてちょうだい」

「それはちょっとあんまりな言い方じゃないのか」

「まだ本契約の前なのよ」

少しでも有利に交渉を進めたいというセリーナの意図は理解できる。ふとエドワードは仮契約書の内容が気になった。

「さっきの契約書を見せてくれないか」

「あなたの領分じゃないでしょ」

「僕とミサキの看板で客を呼ぶんだろ。だったら僕には内容を知る権利がある」

エドワードが粘ると、セリーナは不承不承といった体《てい》で仮契約書の写しを差し出した。

内容を確認するに従い、エドワードは眉間に皺《しわ》を寄せた。まだ仮の段階なので禁則事項やペナルティに関する条項はないものの、ギャラについては明記されている。レナードがセリーナの真意を探るような目をした理由がやっと判明した。

「何だよ、この金額は」

ロビーラウンジの中だというのに、つい大声が出てしまった。

「相手はミサキだぞ。これは他の楽団員と同額のギャラじゃないか」

「そう。トランペット奏者やヴァイオリン奏者と同じ金額が妥当」

「看板にするピアニストの扱いじゃないだろ」

「今も言ったように、ミサキに必要なのはまず実績。それもエドワード・オルソンのように著名なアーティストと競演して禊《みそぎ》を済ませること。つまりギャラの額は二の次よ」

「まさか、この提示で押し通すつもりかい」

「間違いなくひと波乱あるでしょうね」

セリーナは事もなげに言う。

「ミサキの市場価値は本人たちが一番よく知っている。このギャラでは納得できないと難色を示すはず」

「それが分かっていてどうして」

「交渉というのはそういうものよ、エド。レナードが一筋縄ではいかない相手なのは言ったでしょ」

「一筋縄ではいかない相手なら、最初に足元を見るような交渉は却《かえ》って逆効果じゃないのかい」

「見たのは足元じゃなくて出方よ。ミサキと協議した上でレナードがどんな対案を出してくるのか。それを見定めてから本格的な交渉が始まる」

「そんなにがめつくしなくても、事務所の経営は上手くいってるんだろ」

「エドワード・オルソンのブランディングを疎《おろそ》かにしたくないの。たとえ競演相手がミサキであっても、あなたの市場価値はそれ以上なんだと業界に印象づけたい」

「アメリカ国内はともかく、世界的には彼の知名度の方がずいぶん上だぞ。所詮僕はショパンコンクール六位入賞だが、ミサキは順位なんて粉砕してしまうような奇跡をやってのけた」

「黙って」

セリーナの口調は反論を許さぬものだった。

「エド。あなたはアーティストだから演奏に専念する。わたしはマネージャーだから、あなたのマネージメントとビジネスに徹する。そういう契約じゃなかったかしら」

「ああ、君の言う通りさ。何もかも、全く、どれもこれも」

またもや声が大きくなる。エドワードは気まずい思いで身を縮こませる。

「子どもみたいに拗《す》ねないでよ。とにかく交渉はわたしに一任してちょうだい」

セリーナがゆっくりとアフタヌーンティーを愉《たの》しむ中、エドワードは何を口にしても砂を噛むような感覚しかなかった。

それぞれの職域に徹することは互いに承知しているはずだった。そもそも裕福な家庭で生まれ育ったエドワードはカネへの執着が希薄で、商才に恵まれている訳でもない。だが自分の音楽を不特定多数の許《もと》に届けるにはピアノの演奏に秀でているだけではどうしようもなく、信頼の置ける他人にマネージメントしてもらう必要がある。

だからステージの収益やギャラについてはセリーナに一任し、敢えて距離を取っていた。自分が関知しない限りトラブルは発生しないし、セリーナと衝突する惧れもない。事実、これまでエドワードとセリーナは蜜月の間柄だった。

だが、相手が岬となれば話は別だ。

六年前のショパンコンクールを知る者なら、岬洋介《ようすけ》が凡百のピアニストとは一線を画しているのを承知している。かく言うエドワードが彼に憧憬を抱いている。セリーナは彼をライバルと呼んだが、エドワードにしてみれば見当違いも甚だしい。

セリーナがケーキに手をつけた時、エドワードはおずおずと切り出した。

「セリーナ」

「何」

「君は優秀なマネージャーだ。君のマネージメントがなければ、僕は今頃場末のバーで酔客のリクエスト通りにピアノを弾いていたかもしれない」

「どういう風の吹き回しかしら」

「感謝しているということを伝えたかった。その上でクレームを入れる。今回の君の対応は間違っている。ミサキのギャラについて駆け引きをするなんてリスペクトに欠ける行為だ」

「優秀なマネージャーとしては当然の介入だと思うけど。わたしの方針に同意してくれたんじゃなかったの」

「低いギャラ提示は、相手にすれば足元を見られていると思われる。選りに選ってミサキの足元を見るような真似をすれば、相手がこちらの足元を見るようにならないか。世界的なオーケストラのギャラを渋ったら非常識な相手と思われかねない。それと一緒だ」

「だから、それは交渉の手段と説明したじゃない」

「いくら腹の探り合いでも、やっていい相手とそうでない相手がいる」

「ショパンコンクールのファイナリスト同士は高貴な精神で繋がっているとでも言うの」

喋っている途中で、セリーナは慌てて言い直した。

「ごめんなさい。あなたたちを揶揄《やゆ》するつもりはないの。ただ」

「やめよう、セリーナ」

エドワードは席を立った。

「これ以上、続けていると喧嘩《けんか》になりそうだ」

「エド」

呼び止められたが、エドワードは振り返ることなくラウンジから出ていった。

五番街に出ても心は晴れなかった。セリーナの交渉術は正しい。だが同時に間違ってもいる。

彼女は身内のようなものだから余計に悩ましい。

すぐには練習する気になれず、セントラルパークに寄り道することにした。

平日でも昼下がりの公園はカップルや親子連れで賑わっている。エドワードがベンチに座ると、目の前を次々にランナーたちが通り過ぎていく。

普段であればこうして風景を眺めているだけで気分転換になるのだが、今日ばかりは勝手が違った。先刻のレナードやセリーナとの会話が幾度も脳裏に甦《よみがえ》り、また落ち着かなくなる。

エドワードがビジネスを意識しだしたのは、ショパンコンクールを終えてポーランドから戻った頃だった。

趣味でストリートライブをするだけなら収益やギャラなど、どうでもいい。演奏の出来と聴衆のノリを気にしていればいい。だがプロとなったからには、己の音楽に携わる関係者の生活を支える義務が生じる。本来、演奏とは関わりがないはずのビジネスが頭を擡《もた》げてくる。

エドワードが望む演奏と聴衆の望む演奏が合致するとは限らない。素晴らしいオーケストラに恵まれても収益に恵まれるとは限らない。セリーナやプロモーターと選曲について交渉する機会が増えていく。

ふと他のファイナリストたちに思いを馳せる。ロシアのヴァレリー・ガガリロフ、フランスのエリアーヌ・モロー、中国のチェン・リーピン、日本のリュウヘイ・サカキバ、そしてポーランドのヤン・ステファンス。それぞれの国で一党独裁の色合いが濃くなり、テロが発生し、右傾化の様相を呈してきた。アメリカも例外ではない。

世の中がキナ臭くなってくると音楽は自由さを失う。国威《こくい》高揚《こうよう》の歌ばかりが持て囃され、反戦や愛を謳う音曲は片隅に追いやられる。彼らはその中で自分のピアノを発揮できているのだろうか。エドワードがコンサートの演目を〈ラプソディー・イン・ブルー〉に決めたのも、国内のキナ臭さを嗅ぎ取ったからに他ならない。

風が一層冷たくなってきた。エドワードは両手を冷やさぬようにポケットに突っ込み、帰路に就く。頭の中に充満している雑念を払うためにも、今の自分にはピアノが必要だった。

自宅に戻ると、アメリアが玄関で迎えてくれた。

「あなたにお客様ですよ」

客の名前を告げられて仰天した。

まさか。

どうして彼が来ているんだ。

続く母親の言葉を待たず応接室に走る。

広い邸宅、長い廊下がじれったい。

ドアを開けると、所在なげに彼が立っていた。

「お久しぶりです」

岬洋介はエドワードに微笑みかけた。

2

半信半疑になりながら、エドワードは差し出された手を遠慮がちに握る。お互いピアニストなので握手するリスクは心得ている。気持ちを込めても力を込めない。そっと柔らかく触れる程度だ。

「どうしてウチに。聞いた話じゃ、さっきリバティ空港に到着したんじゃなかったのか」

「マネージャーとは毎日のようにオンラインで顔を合わせていますが、エドワードさんとは六年ぶりですからね」

「それは嬉しいけれど、空港に向かったレナードとは行き違いになったのか」

「日本に帰国する際、彼の手を振り切って飛行機に飛び乗りました。正直、まだ直《じか》に顔を合わせづらいのですよ」

「司法修習生時代の友人を救うために、ツアーをほっぽり出してブダペストを発ったらしいじゃないか」

「ピアニストとしては言語道断なのでしょうけど」

　岬は含羞の色を浮かべる。

「それでも優先させるべきものがあります」

「しかしマネージャーを放っておいて大丈夫なのかい。君を迎えに行く寸前、僕たちと面談しているんだが」

「仮契約の件は、彼が端末に送ってくれました」

「内容もか」

「仮契約書の画像を添付してきましたからね」

　たちまちエドワードは赤面しそうになる。

「何と言っていいか。僕のマネージャーが大変失礼をしてしまった」

「あなたが謝ることではないでしょう。第一、僕は金銭面に疎くて、ギャランティその他は全てマネージャー任せなんです」

　それは自分も同じだと言おうとして、エドワードは気がついた。

「ちょっと待ってくれ。それじゃあ君はまだ出演の条件が折り合わないうちから僕に会いに来たって言うのか」

「オファーをいただいてからというもの、僕はあなたとのセッション以外に何の興味もないんです」

岬は懐かしそうにこちらを見る。

「あなたが弾いたバラード第3番ほど奔放なショパンを、僕はそれまで聴いたことがありません。伝統的な〈ポーランドのショパン〉に対するアプローチとして、とても画期的でした。どんなに悲痛なメロディにも希望が仄見《ほのみ》える。エドワードさんはショパンの新たな解釈を引き出したのだと思います」

そうだった。

ショパンコンクールの二次予選で演奏を終えたエドワードは会場二階トイレの前で岬と出くわしたのだ。その場でいきなり握手を求められ、困惑したのも今ではいい思い出になっている。

岬が言葉の限りを尽くして称賛してくれた時は嬉しかった。

ショパンコンクールの関係者は物見遊山の片手間に出場したような不甲斐ないコンテスタントを〈ツーリスト〉と呼ぶが、エドワードが出場するまでその不名誉な称号は主にアメリカ人コンテスタントに贈られていた。高名なピアノ教師が次々に物故し、指導者が払底してしまった状況では優秀なコンテスタントが生まれるはずもなかったのだ。

岬はそうした事情を知悉《ちしつ》した上で、エドワードのファイナル進出がアメリカのクラシックシーンに変革をもたらすのだと力説してくれた。母国でもない国の音楽の将来について、これほど熱く語ったピアニストは後にも先にも岬一人だった。

「あなたの自由闊達《じゆうかったつ》なピアニズムは聴く人を昂揚《こうよう》させてくれるのです。そのピアニストと競演できるんですから、何を置いても駆けつけますよ」

「やめてくれ。君に褒められると落ち着かなくなる。自分の立場を分かっているのか」

「立場なら弁《わきま》えていますよ。数年先までのコンサートをドタキャンして、違約金で借金塗れになったピアニストです」

「そうじゃなくてさ。ああ、もうっ、いちいち説明するのが面倒臭くなった」

「僕としては、それよりもコンサートの演目を知りたいですね」

「ガーシュウィンの〈ラプソディー・イン・ブルー〉」

「いいですね。選曲の理由を伺ってもいいですか」

エドワードは一瞬だけ躊躇する。この国に台頭している剣呑な空気を和ませたい。ＢＬＭに象徴される人種差別の熱を鎮めたい。

一介の音楽家が抱くには傲慢な目論見《もくろみ》であるのは百も承知している。話を聞いて笑わないのはセリーナくらいのものだろう。

だが何の根拠もないのに、岬なら納得してくれそうな気がした。

ままよ。

エドワードはこの国の状況に絡め、〈ラプソディー・イン・ブルー〉を選んだ理由を一気呵成《いっきかせい》にまくし立てる。しばらく黙って耳を傾けていた岬は、説明が終わると表情を輝かせて叫んだ。

「Amazing!（素晴らしい）」

「賛同してくれるかい」

「作曲の段階で想定されていた二台ピアノを復活させようという試みは特筆に値します。作曲者本人が思い描いていた曲想を再現できれば、今後ガーシュウィンの世界が拡がりを見せてくれるでしょうね」

そっちだったか。

「てっきり、イデオロギー的に賛同してくれたものだとばかり思っていた」

「それも込みです。音楽というのは特定の時代、特定の場所によって思想性を孕《はら》みますからね。たとえばベートーヴェンがシラーの詩を得て作り上げた交響曲第9番は、当時ヨーロッパを席巻《せっけん》していたメッテルニヒ主導の復古主義を結果的に駆逐する役目を担いました。音楽にはそういう一面があります」

自分の奏でる〈ラプソディー・イン・ブルー〉が〈第九〉並みの訴求力があるかどうかは怪しいが、岬が乗り気であるのは間違いない。

「しかしエドワードさん。ガーシュウィン自身が書いた二台ピアノをそのまま再現するのですか」

ジャズバンドの初演が成功した後、一九二四年にガーシュウィン自身が二台ピアノのために完成させた稿がある。この稿では一台がソロパートを、もう一台がオーケストラパートを担当している。

「いや、ジャズとオーケストラの融合がテーマだから、現在の楽器編成は弄《いじ》りたくない」

「現在と言うとどの版になりますか」

〈ラプソディー・イン・ブルー〉にはいくつかの版が存在する。

・一九二四年オリジナル・ジャズ・バンド稿

ガーシュウィンが二台ピアノのために作曲したものを、グローフェがジャズバンド用に編曲した。一九七六年にマイケル・ティルソン・トーマスがソロパートをソロに、オーケストラパートをコロンビア・ジャズバンドに演奏させて世界的に知られるようになった。

・一九二四年二台ピアノ稿

・一九二六年オーケストラ稿

曲の成功を受けて、グローフェがオーケストラ用に再編曲した稿。

・一九二七年ピアノソロ稿

一九二四年の二台ピアノ版に続き、ガーシュウィン自身が完成させた稿。
・一九三八年オーケストラ稿
グローフェの再々編曲。ピアノソロ部分までもオーケストレーションし、ピアノがなくても演奏可能にした。
・一九四二年オーケストラ稿
一九二六年のグローフェ稿を基本としながらフランク・キャンベル＝ワトソンが改訂した稿。

現在、オーケストラでの演奏にあたってはこの稿が使用されることが多い。

何度も改稿されているのは、それほどこの楽曲が柔軟であることの証左だ。演奏する側にしてみれば、楽器編成や演奏目的によって選ぶことができるので都合がいい。

「基本的には一九七六年に演奏されたオリジナル版で演りたい」

オリジナル版の楽器編成は次の通りだ。
・独奏ピアノ
・木管楽器　サクソフォン、クラリネット、オーボエ、ファゴット
・金管楽器　ホルン2、トランペット2、トロンボーン2、チューバ
・弦楽器　ヴァイオリン、バンジョー
・打楽器　チェレスタ

「本来は独奏のピアノを二台ピアノの掛け合いにしたいと考えている。でもそれだけじゃ二台ピアノにする意味が薄れるから、オーケストラパートの一部をピアノに担当させたい。つまり一九七六年版の二台ピアノバージョンという位置づけになるのかな」

「そうなると編曲が必要になりますね」

「〈ラプソディー・イン・ブルー〉に関しては、僕はずいぶん研究もしている。元々好きな楽曲だしね。だから僭越《せんえつ》ながら僕がアレンジしようと考えている。もちろんミサキの知恵も貸してほしい」

　再び岬の顔が輝いた。

「それは嬉しいなあ」

　思わず見惚《みと》れてしまった。

　音楽の話題でこれほど幸せそうな顔になれる人間を初めて目撃した。まるで三歳児が自分の好きなオモチャ全部を目の前に並べられたような顔をする。これが〈五分間の奇跡〉を成し遂げたピアニストとは到底思えない。

「君は音楽のこととなると、本当に純粋なんだな」

「唯一の生きる糧だから当然ですよ」

「司法の人間として生きる道もあったのに」

「司法ができるのは真実の解明と罰を下すだけです。人を慰撫し勇気を与えるまでには至りません」

岬は少し寂しそうに言う。

「司法は世情に沿うのが精一杯ですけど、音楽は世界を変えてしまえるんです」

エドワードは言葉を失う。

自分も、そして他の演奏家たちも等しく音楽の力を信じている。しかし、こうも明け透けに言葉で表明する者はなかなかいない。

「アレンジはどこまで進んでいるんですか」

「まだ僕の頭の中で進んでいるだけだ」

「ピアノが二台必要ですね」

「心配は要らない。ウチの練習室にはスタインウェイとヤマハが一台ずつ置いてある」

「今からファーストとセカンドの譜面を起こしましょう」

逸《はや》る気持ちが伝わってくる。エドワードもついつい岬のペースに乗せられそうになるが、すんでのところで思い留まった。

「ちょ、ちょっと待ってくれ。ミサキの気持ちは有難いが、まだ仮契約も済んでいない状態で編曲を手伝ってもらうのは問題がある。万が一、この話がペンディングになった時、君を無償で働かせることになる」

　岬の表情が変わらないので弁解を続ける。

「困ったことに、この国は最初に契約書ありきの社会なんだよ。カネが絡むものは全部そうだ。映画、演劇、音楽。芸術と名のつくものも例外じゃない。契約ごとから逃げられるのはアマチュアだけだ」

　喋っているうちにセリーナとレナードの会話が思い出され、エドワードは苛立つ。ピアニストがカネ勘定に煩わされるのも嫌だし、それを改めて岬に説明する自分も嫌だった。

「特に、君はショパンコンクールの入賞が霞《かす》むような偉業を成し遂げた有名人だ。サイン一つに何百ドルもの値がつく。そういう人間は契約書なしでは何一つ創作活動ができないようになっている」

「割と窮屈ですね」

　岬は困ったように笑う。

「日本ではどうなんだい」

「こちらに比べればおおらかですね。演者同士の仲が良ければ、あっさりゲスト出演が決まったりします」

「サカキバと競演した時もそうだったのか」

「マネージャー不在だったので事後承諾ですよ。後でこっぴどく叱られました」

「叱られるだけで済むならペナルティのうちに入らないよ。とにかく契約書にサインするまで、君は動かない方がいい」

岬は仕方がないというように肩を竦めてみせる。

「では正式な契約が済むまで、演者同士で情報交換するというのはどうですか」

あくまでもプライベートの範疇《はんちゅう》なら、譜面を見せ合っても問題にはならないという誘いだ。

「僕はこの近くのホテルに滞在するつもりです」

それなら、こちらも期待に応えようじゃないか。

「だったら歩いて通える範囲にしてくれ。いや、何ならウチに泊まってくれていい。指が鈍るからといって、ホテルのピアノを独占する訳にもいかないだろう」

「お心遣いありがとうございます。取りあえず、近場のホテルを探しましょう」

「僕も手伝おう。居心地のいいホテルなら何軒か知っている」

その場でメールアドレスを交換し、玄関先まで送る。岬は軽く会釈すると、そそくさとオルソン邸を出ていった。

視界から岬の後ろ姿が消え去ると、途端に我に返った。

今の数十分間はいったい何だったのか。あの〈五分間の奇跡〉を奏でたピアニストが、一人で我が家にやってきた。それも話次第では家に泊まり込み、一日中二人で二台ピアノの練習に明け暮れるのだ。

先刻の出来事がまるで夢のように思える。どうも岬と話していると現実感がなくなってしまう。

ふと自分の手を開く。

いや、決して夢ではない。まだ岬の掌の感触が残っている。スマートフォンには彼のメールアドレスがしっかり記録されている。

契約さえ交わしてしまえば夢は現実となるのだ。岬と二人きりで練習室に籠り、ああでもないこうでもないと鍵盤を叩きながら一つの楽曲を編んでいく。何と胸が躍る作業なのだろう。

今はとにかくセリーナを懐柔して契約成立に向かわせよう。そう考えていたところ、廊下でアメリアと出くわした。

「お客様は帰ったのね」

「うん、たった今。母さん、彼が誰だか知っていたかい」

「いいえ」

「ショパンコンクール、ファイナリストのヨウスケ・ミサキだよ」

「ああ、そう」

素性を告げられて驚くと思いきや、アメリアの反応は鈍い。

「あの〈五分間の奇跡〉を演じたピアニストだよ」

「名前くらいは知っているけど、顔まで憶えていなかったわ。表敬訪問か何かなの」

「今度のコンサートは彼と演奏するかもしれない」

「彼もピアニストなんでしょ」

「だから二台ピアノさ。ガーシュウィンの〈ラプソディー・イン・ブルー〉を演る」

するとアメリアの顔に翳《かげ》が差した。

「初耳ね」

「まだ決定じゃないからね。でも必ず実現させる。ミサキとの競演は僕の長年の夢だったからね」

「どうして二台ピアノなの。〈ラプソディー・イン・ブルー〉ならピアノは一台で充分じゃないの」

「違うよ、母さん。この曲は異なる国、異なる人種が一つの曲を演奏することに意味があるんだ。そもそも原曲は二台ピアノのために作曲されていて」

「エドワード・オルソンの名前だけでは聴衆を集められないの」

ようやくエドワードは母親が機嫌を損ねているのを察した。

「何か母さんの気に入らないことを言ったのかな」

「ミサキは日本人なんでしょ。エド。母さんのお父さんが日本人に殺されたのは知ってるでしょ」

「戦争でだろ。しかも七十年以上も前の話だ」

「殺されただけじゃない。父親を失ったお蔭でわたしの家は没落して最下層にまで堕《お》ちた。あの貧困は忘れようとしても忘れられるものじゃない。たとえ七十年以上経っても」

「別にミサキがお爺《じい》さんを殺した訳じゃないだろ」

「同じ日本人よ」

アメリアの言葉は頑なだった。息子だから母親の沸点を知っている。一度愚痴り出したら止まらないのも知っている。

「ただ貧しいだけなら我慢ができる。でも移民ごときに顎で使われ、罵られ、人間以下の扱いをされる。心がね、一寸刻みに死んでいくの。メキシコ人に虐げられると、スペイン語を聞くだけで気が滅入ってくる。国旗なんて見るのも嫌」

「僕はタコスを食べるけど」

「本音を言えば、あんなものを食べてほしくないのよ」

オルソン家では家族同士が政治思想をぶつけ合うような機会がないため、母親が外国人から手ひどい仕打ちを受けたことは聞き知っているが、トラウマになるほどだとは想像もしていなかった。

不意に思い出す。母親が新大統領を支持する理由の一つは、やはり黒人やヒスパニック系住民を排斥したいからだったのか。

日常の些事が繋がり、黒い染みとなって拡がっていく。

「ミサキは素晴らしいピアニストなんだ」

「ピアニストの前に日本人よ」

「契約が成立次第、僕は彼を練習室に招く。彼さえよければウチに泊まりがけでレッスンしようと考えている」

「お願いだからやめてちょうだい」

「コンサートを成功させるためだ」

「日本人を家に上げるだけでも虫唾《むしず》が走るのに、その上泊めるだなんて。母さんは断固反対。そんな練習が必要なコンサートなら、いっそやめて。〈ラプソディー・イン・ブルー〉でなくたって、他にいくらでも曲はあるじゃないの」

「〈ラプソディー・イン・ブルー〉じゃなけりゃ意味がない。ミサキとの競演でなければ価値がない」

「どうしても家に日本人を迎えるというのなら、わたしが出ていく」

遂にアメリアは声を荒らげた。

「そこまで決心が固いのなら、あなたの邪魔はしない。でも、ひとつ屋根の下に日本人がいるなんて耐えられない」

吐き捨てるように言うと、アメリアはダイニングのある方に去っていった。

参ったな。

エドワードは廊下に立ち尽くす。外では契約問題、家の中では母親の日本人嫌い。内憂外患とはこのことだ。

ただのコンサートを行っても障害は発生する。不測の事態による楽団員の欠員、会場側の不手際によって開催が危ぶまれることも一度や二度ではない。だが、今回のようなトラブルは初めての経験だった。

ミサキと寝食をともにしながら二台ピアノの練習をするという目論見に、早くも暗雲が垂れ込める。まさか実の母親を追い出してまでとは思うものの、あんな態度を取られたのでは唯々諾々と従う気にもなれない。また契約についてもセリーナとレナードの相性の悪さが心に引っ掛かる。

いずれにしても前途多難であることに違いはなかった。

3

「黒人の命も護《まも》れえっ」

「人種差別撤廃！」

「ヘイトの大統領は今すぐ辞任しろおっ」

「大統領選をやり直せえっ」

普段であれば買い物客で賑わうはずのパークアベニューも、最近は勝手が違っている。プラカードを手にシュプレヒコールを叫ぶ群衆が通りを練り歩き、周辺に剣呑な空気を撒き散らしている。

プラカードの中には新大統領の顔に大きく×を書いたものも目立つ。人権を巡る抗議行動が特定の人物を対象とし始めると、運動は俄にキナ臭くなってくる。当初の目的が歪曲《わいきょく》され、より過激な破壊活動へと変質していく。

四年前から始まったＢＬＭ運動は一向に鎮火の兆しを見せず、それどころか拡大の一途を辿《たど》っている。放置しておけば自然消滅するだろうと高を括《くく》っていた白人至上主義者たちも、今や彼らをはっきり脅威として見做《みな》している。

〈愛国者〉はデモ行進をやり過ごし、高層ビル群を抜ける。しばらく歩いているとセントマークスプレイスに着いた。セントマークスプレイスは近代ビル街に隣接しながらも、往年の薄暗いマンハッタンを彷彿《ほうふつ》とさせる場所で、未《いま》だに奇抜な建物が威容を誇る。カウンターカルチャーの誕生地としても知られ、パンクミュージシャンや詩人たちの巣窟でもある。通りには屋台や大衆酒場が軒を連ね、高級ホテルやレストランが建ち並ぶ五番街とはまるで異質な佇《たたず》まいだ。

その中でも〈カフェオーリン〉は〈愛国者〉お気に入りの店だった。本格的なモロッコ料理を庶民的な値段で提供してくれる店はそれほど多くない。

ところが店の前に立った瞬間、食欲を忘れた。割れたガラス戸がテープで補修され、メニュースタンドは隅がへし折られている。紛れもなく襲撃された跡だ。

中に入ってみれば、いつもと雰囲気が違う。台風が過ぎ去った後のような虚《うつ》ろな平穏が漂っている。平日の昼下がり、通常ならランチを求めるサラリーマンたちで満員のホールが、今日は客もまばらだった。

空いていたテーブルに座ると、顔馴染みのアイーシャが注文を取りにきた。

「いらっしゃい」

「空腹なんだ。ハリラスープ、それから野菜とチキンのクスクスを。以上」

「ハリラスープと、野菜とチキンのクスクスね。ＯＫ」

「一つ訊いていいかな、アイーシャ」

「個人情報以外なら何でも」

「何があった。この店」

アイーシャは力なく首を横に振る。

「一昨日、襲われた。深夜に数人の男たちが玄関ドアを破って、ホールとキッチンを破壊していった。昨日は臨時休業して一日中後始末」

「誰にやられた」

「店内に設置された防犯カメラに映っていたのは覆面姿の男たち。でも全員が同じダウンを着込んでいて、背中には〈KKK〉って書かれていた」

KKK（Ku Klux Klan）は南北戦争終結後に結成された白人至上主義者の団体だ。一九三〇年代に壊滅状態に陥ったものの、現代においても小規模なKKK系が存在している。

「市警には届け出たんだけど、KKKだけじゃどの団体なのか特定できないし、そもそも本当にKKKの系列団体なのかどうか怪しいものだって」

市警が判断するには相応の理由がある。BLM運動に反発するかたちで各地に起きたマイノリティ襲撃事件は、KKK系のみならず不特定の白人至上主義団体が関係している。加えて、就任前からヘイト発言を繰り返していた男が大統領になったことも、彼らの活動に大きく拍車をかけている。犯人グループの犯行声明でもない限り、〈ＫＫＫ〉のロゴの入ったダウンを着ていたという事実だけでは何の証拠にもならない。

「災難だったね」

「ひどいものよ。キッチンの調理器具は手つかずのまま、冷蔵庫の食材をあるだけ略奪していった」

アイーシャは寂しく笑いながら言う。

「コックとかわたしたちとかさ、肌が黒いってだけで、どうしてこんなに憎まれなきゃいけないんだろ」

アイーシャが去った後、〈愛国者〉は改めて店内を観察する。徹底して後始末をしたお蔭か、破壊跡は目立たないが、それでもテーブルと椅子の数がずいぶん減っている印象だ。おそらく襲撃された際、使い物にならなくなったのだろう。

『肌が黒いってだけで、どうしてこんなに憎まれなきゃいけないんだろ』

アイーシャの恨み節が脳裏に甦る。

肌の色、か。

敢えて第三者の不幸には鈍感でいようとする自分も、迫害の理由が肌の色に起因するとなれば他人事ではいられない。

物心つく頃から差別されていたのは自分も同じだ。だから、馴染みの店がそうした理由で襲撃された事実に憤りを覚えているのだ。

どきりとした。

憤りを覚えているだと。

慌てて打ち消そうとしたが、感情の揺らぎは否定できなかった。暗殺を生業《なりわい》にするようになってからは、努めて冷静さを保とうとした。計画実行に感情は夾雑物でしかない。感情は正確な判断の邪魔になる。そして正確な判断ができなければ命取りになる。

だが今回ばかりは色々と勝手が違う。依頼者の怨嗟《えんさ》と己の義憤が一致したような快感と危うさが同居している。やはり今回のミッションは自分にとって崇高な使命なのかもしれない。

「はい。ハリラスープ、おまちどおさま」

本場モロッコではラマダン（断食）明けに飲まれるスープと聞いたことがある。なるほど野菜やひよこ豆は栄養価が高い割に、胃に優しい。この店では炒《いた》めた牛肉を加え、ガーリックで味付けをしているので余計に食欲をそそる。

「食材はあるだけ略奪されたと聞いたけど」

「昨日のうちに、話を聞いた卸業者と同業者が駆けつけてくれて、二日分の食材は確保できたの。同業者でも同じ被害に遭った人がいて、こういう時はお互い様だって」

「アイーシャ」

「何」

「新しい大統領をどう思う」

「本気で訊いてるの」

「言える元気があればジョークでもいい」

「あいつはクソよ」

ジョークの口調ではなかった。

「わたしたちがこんな目に遭っても救済策一つ出さず、逆に煽るような真似をしている。歴代の大統領で、ヘイトを売りにして当選したのはあいつくらいのものよ」

声を潜めたのは、せめてもの自制心だったようだ。

再びアイーシャの後ろ姿を見ながら〈愛国者〉は自分の気持ちを確かめる。もし新大統領が凶弾に斃《たお》れたら、この国を覆う暗雲も少しは晴れるだろうか。アイーシャたちのような、虐げられるマイノリティは快哉を叫ぶだろうか。

自分の生き方は決して褒められたものではないが、たまには己の行為が弱者救済になっていると誇りたい。

では、どうやって殺してやろうか。

優しいスープを飲みながら、要人の暗殺計画を練るのは愉快な行為だ。滋養が計画を緻密にさせてくれそうな気がする。

テーブル席からはキッチンの中が見える。コックのオマールは一心にフライパンを振っている。まるで料理に熱中している間は嫌なことを忘れられるというように。

多くの不幸を運ぶ人物なら、多くの者にとってその暗殺は正義になる。過去、この国の大統領暗殺に成功した者は四人いる。

エイブラハム・リンカーンを殺したジョン・ウィルクス・ブース。

ジェームズ・ガーフィールドを殺したチャールズ・J・ギトー。

ウィリアム・マッキンリーを殺したレオン・チョルゴッシュ。

そしてジョン・F・ケネディを殺したとされるリー・ハーヴェイ・オズワルド。

彼らには彼らなりの正義があり、内なる使命に殉じたと考えれば親近感も湧く。

「野菜とチキンのクスクス、おまちどおさま。注文は以上ね」

クスクスは米粒よりも小さい顆粒《かりゅう》状の極小パスタだ。皿に盛ったクスクスの上から野菜とチキンがたっぷり入ったシチューをかけて食べる。店によってはハリラスープと同じソースを流用するところもあるが、〈カフェオーリン〉ではちゃんと別のソースを使用している。唐辛子のペーストを多めに入れてくれるのも寒い季節には有難かった。

美味《おい》しい料理は人を幸せにする。だから腕のいい料理人を殺してはいけない。

他方、国の分断を図る為政者は人々を不幸にする。だからあの大統領を生かしておいてはいけない。

〈愛国者〉は胸の裡で笑う。何と子どもじみた理屈だろうか。そんな理屈が通れば大抵のメディア関係者と弁護士は皆殺しにされてしまう。

柔らかなチキンの歯ごたえを愉しみながら、〈愛国者〉は平穏な気持ちで暗殺の意義を数えていく。人殺しを正当化する理由は、多ければ多いほど罪悪感が薄れていく。

ランチを終えた後、電車で自宅のあるスパニッシュハーレムに戻る。スパニッシュハーレムはマンハッタンの北東に位置し、マンハッタンの中でも土地が格段に安い。

土地が安いのは街の治安の悪さに起因している。〈プロジェクト〉と呼ばれる低所得者用アパートの乱立により、治安の悪さが拡大したと言う者もいる。いずれにしろ治安の悪い場所には、あまり警官も巡回にやってこない。

自宅アパートに向かう途中、〈愛国者〉は計画を練り続ける。

結局、新大統領は周囲の反対を押し切り、自分の名前を冠したビルの最上階フロアを第二の執務室にするらしい。もちろんホワイトハウスで仕事をすることもあるのだろうが、勝手知ったる我が家の方が落ち着くのだろう。こちらにしてみれば、世界一厳重な場所よりは街中のビルにいてくれた方が都合がいい。組織もビルでの暗殺を想定してフロア図を提供してくれた。

当初に予想した通り、新大統領はペントハウスのセキュリティに途方もない資金を投入したらしい。話によれば政府関係者でさえＩＣチップ入りのカードがなければ六十八階まで上ることもできないとのことだ。ビルごと破壊するか火災を起こすかという話も満更ジョークとは言えなくなってきた。

即座に思いつくのはカードを奪った上で当該の政府関係者に成りすますという手段だが、これも完璧な変装が不可欠となるので実行性は低い。六十八階部分のみ爆破するという手も考えたが、爆弾のプロフェッショナルの協力と相当量の爆薬が必要になる。一個小隊並みの人員と装備を用意しなくてはならず、これも現実的とは思えない。

「いいか、俺が店のオヤジの注意を引きつけておくから、その隙にお前たちが盗め」

「分かった」

物騒な会話で我に返ると、アパートの陰でストリートチルドレンたちが悪巧みをしている最中だった。いちいち関わっている暇も義務もないので、そのまま通り過ぎる。

自分が住んでいるのは、周囲に負けず劣らず古いアパートだった。家賃は月五百五十ドル。エレベーターも宅配ボックスもなく、床も壁も半世紀分の汚れが染みついているようだ。

ただし素晴らしい美点もある。石造りの壁が分厚く、窓ガラスも二重になっているので防音効果に優れ、部屋の中の音が外に洩れないのだ。

軋《きし》む階段を四階まで上り、ようやく自室に辿り着く。ドアのロックはチェーンを含めて四重になっている。開け閉めが面倒だが、不意の襲撃や侵入を考えると省略する気にはなれない。

着替えを済ませると、携帯端末で依頼者から送られてきた情報をチェックする。新大統領第二の執務室になるであろうペントハウスの見取り図だ。もっともこれはビルを上から捉えた平面図に過ぎない。宿泊階やショッピング階のように間取りが明記されておらず、だだっ広い白地が記されているだけだ。建築当初からあの男の住まいになるのが決まっていたのだから、これは致し方ない。問題は彼を標的と定めた以降も、調査に進展がないことだった。

依頼者である男にメールを送信してみる。

『調査の進捗状況を問いたい。六十八階の間取りは判明しているか』

すぐに返信がきた。

『ホワイトハウス並みの部外秘になっている。おいそれとは判明しない』

『警備にあたっている人数を知りたい』

『不明だ』

『ビルの外側から赤外線サーモグラフを当てて可視化すればいいじゃないか』

『対象は壁や床に特殊断熱材を張り巡らせている。赤外線による探知は不可能に近い』

『当該階に出入りする人間をチェックしていれば、人数くらいは把握できるだろう』

『そのチェックをする行為で怪しまれる。相手に不要な警戒心を与えるのは避けたい』

『デスクワークだけで調査しようと言うのか』

『本人は歴代一、自分が嫌われているのを自覚している大統領だ』

男の嫌味っぽい口調が聞こえるようだった。

『嫌われる人間、身に覚えのある人間は警戒心が強くなる。富裕層なら尚更だ。公開する情報にも神経過敏になっている』

『外出するスケジュールは把握しているのか』

『これも公表された分、つまり党大会や遊説先だけは把握できている状態だ』

『彼は公式発表以前に自分の「Twitter」に色々書き込む癖がある。そちらから情報を先取りできないか』

『言われるまでもなく「Twitter」には目を通している。今のところは政治信条を吐き散らかすか、アンチへの反論に終始していて手掛かりにすらならない』

では、日がな一日あの男の「Twitter」に張り付いているということか。その様を想像すると少しだけ依頼者が気の毒に思えてきた。

『スケジュールが把握できなければ計画も立案できない』

『分かった。情報収集を継続するので、しばらく待っていてくれ』

そこで返信が切れた。新しい情報が提供できなければ、結局は弁解が続くだけだ。〈愛国者〉は軽く舌打ちしてメールを閉じる。

特に期限を設けられた依頼ではない。暗殺対象は世界一有名な人物だから慎重にも慎重を期すべきだ。有益な情報が入手できないからといって拙速に走るのは悪手中の悪手だ。依頼者の言うように、ここはじっくりと情報収集に努めるべきだろう。

依頼者が件《くだん》のTwitterに張り付いてくれているのは有難い。以前、ちらと覗いたことはあるがおよそ大統領とは思えない言葉が羅列されていて、読む度にこれが自国の大統領なのかと落胆を覚えたものだ。第一、自分には別の仕事もあり、とても一日中ＳＮＳに入り浸っているような暇はない。

大統領の任期は四年。繰り出す政策がドラスティックなら、国の在り方は一年で激変する。今回、依頼者が危惧しているのは移民およびマイノリティへの施策だ。新大統領は良くも悪くも即断即決の印象が強い。移民とマイノリティを排除したいと思ったら、その瞬間にＳＮＳで意思表明するような男だから、依頼者が危機感を抱いているのもよく理解できる。

だが、やはり慎重になるべきだ。そして覚悟するべきだ。

歴代の大統領暗殺者は成功例も失敗例も含めて全員、逮捕されている。世界一警護が厳重な人物に接近して狙うのだから当然の帰結だ。

今まで自分はいくつもの暗殺に成功した。言い換えれば暗殺の数と同じだけ逃走にも成功していることになる。

だが、今回ばかりはそうもいかない。首尾よく新大統領を暗殺できたとしてもその場で逮捕されるか、あるいは問答無用で射殺されるだろう。

悔いがないと言えば嘘になる。たとえ暗殺が結果的に愛国的な行為と謳われても、自分は殺されるか、さもなければ残りの一生を刑務所で過ごすことになる。

人殺しを生業にしたのは決して趣味だからではなかった。後ろ暗い仕事に手を出さなければまともな生活ができなかったからだ。

善行を施したこともあるが、殺した人間の数を考えれば免罪符どころか言い訳にすらならない。人に誇れない、碌《ろく》でもない人生だったが、畳むとなれば逡巡《しゅんじゅん》もする。

自分の人生を賭してまで暗殺を実行する価値が果たしてあるのか。

〈カフェオーリン〉のアイーシャとオマールの顔が浮かぶ。今回の暗殺が成功すれば少なくとも彼らは溜飲《りゅういん》が下がるだろう。この国が歩もうとしている分断の道を回避することができるかもしれない。

人殺しに社会的使命もクソもない。だが、どうせ射殺か刑務所暮らしが運命ならば少しでも他人に、そしてこの国に寄与できれば慰めくらいにはなる。

人殺しに慣れきったはずの自分が、この期に及んでも躊躇していることに驚く。とにかく依頼を引き受けたからには遂行するしかない。この信じ難い躊躇も決行の刻までに解消してしまえばいいだけの話だ。

気持ちを落ち着かせるためもあり、〈愛国者〉はベッドの傍らに立て掛けてあったケースから愛用の楽器を取り出し、丁寧に手入れを始めた。

〈愛国者〉の表の仕事は演奏家だった。

4

十一月二十五日、午後二時。

エドワードはセリーナとともに、ザ・プラザのロビーラウンジで二回目の交渉に臨んでいた。

「あの後、ミサキに仮契約書を見せました」

レナードは困惑顔で切り出した。

「正直、あのギャランティでは出演が難しい。当人も難しい顔をしていました」

嘘吐け。

エドワードは内心で毒づく。岬はギャラについては無頓着で、優先順位の下に置いていた。本人が条件を渋っているというのはレナードの交渉術の一つに違いない。

「演目が二台ピアノであればファーストもセカンドも同額のギャラが相当ではないかと思うのですよ。ふたりともショパンコンクールのファイナリストですしね」

しかしエドは入賞者だ、とはセリーナは口にしない。世界的な知名度を引き合いに出され反論されるのを承知しているからだ。

「それは困りましたね。プロモーターのジョージは演目との絡みでギャラについては色よい返事をしないでしょう。彼はショパンやベートーヴェンの曲で集客する心づもりでしたから。ガーシュウィンでは採算が取れるかどうか読み切れないのだと思います」

「ご当地の作曲家なのですがね」

「ショービズの世界に国境はありません。逆に、クラシックの場合は現代よりも古典が有難がられる傾向すらあります」

「ちょうど本人が同席しているので直接質問したい。演目を〈ラプソディー・イン・ブルー〉以外にする気はありませんか」

「NO」

エドワードは言下に拒んだ。

「ミサキから話を聞いていると思うけど、彼もこのコンセプトには賛同してくれている。今アメリカで演奏する曲は〈ラプソディー・イン・ブルー〉以外に考えられない」

声を荒らげてはならない。自分は政治家ではなく音楽家だ。言いたいことは言葉ではなく音楽で伝える。

「この国で分断が始まっているのは二人も知っているだろう。僕とミサキはとても憂いている」

「目的は、音楽でアメリカを一つにするということですか」

「そんな傲慢さは持ち合わせていない。ただ僕が声を上げてもいち市民の声にしかならないけど、ピアノを与えられたら皆が耳を傾けてくれる」

「音楽を媒介とするアジテーションであることに変わりはない。ショービズとは相容れない要素ですね。戦場の慰問ならば需要があるでしょうがね」

ただし、とレナードはエクスキューズをつける。

「ミサキがそのコンセプトに賛同しているというのであれば考慮しない訳にもいかない。何しろミサキは人命救助で名を上げたアーティストです。コンセプトと本人のキャラクターが一致している。加えてアーティストの可能性を摘むような者などマネージャー失格ですよ」

「困りましたね」

セリーナは辛抱強く交渉を続ける。

「お互い、コンセプトは同意。残る問題はギャランティのみ。どうでしょう、ここは歩み寄って妥協点を探るということで」

「歩み寄るにしても距離があり過ぎる。ミサキの市場価値を考えれば、妥協すればするほどディスカウントになってしまう」

「それはエドワードも同じです」

二人のやり取りを聞いていると、エドワードは苛々してくる。セリーナが自分のブランディングを重視してくれているのは重々承知しているが、話が早く進まないことによる損失の方が大きいのではないか。

「セリーナ。二人の競演はそちら側の提案でしたね」

「ええ。その通り」

「つまりこちら側には拒否権があり、あなたは着地点を見つけるか、さもなければ諦めるしかない」

「何を言いたいの」

「主導権がどちら側にあるかの確認ですよ」

矢庭にセリーナは眉を吊《つ》り上げた。

「主導権があるから従えという意味かしら」

「ＮＯ、ＮＯ。お互いの時間の価値の問題です。大抵の場合、主導権を握っている側には時間的余裕がある。回答を待つ立場ですからね。一方、主導権を持っていない側は回答期限があるために時間的余裕がない。従って、事態が動き始めたら、時間的余裕のない側が折れなくてはならない」

「いったい何のことを言っているのか」

「ああ、まだご存じなかったようですね」

レナードはスマートフォンを取り出し、何やら検索した表示をセリーナたちに向けた。

『ドリームチーム　ファイナリストたちの競演決定　ヨウスケ・ミサキ＆エドワード・オルソン』

大々的に見出しを載せているのは雑誌『バラエティ』だ。一九〇五年から続くエンターテインメントの専門誌ともなれば、そうそう不確かなネタは記事にしない。書かれている内容はほとんどの読者が事実として受け容れるだろう。

見出しを見た瞬間、セリーナの顔色が変わった。

「どうして『バラエティ』誌にすっぱ抜かれたの。まだ契約もしていないのに」

「ついさっきアップされた記事で、わたしも驚いた。言っておくがリークしたのはわたしじゃない」

「こっちもよ。第一、わたしたち側がリークして得なことは一つも」

はっとしてセリーナは言葉を詰まらせる。

「そう。あなたたちにとって何のメリットもない。こんな記事が出た後でコンサートが開催できなければ、最初にオファーをくれたあなたたちに疑念の目が向けられる。『バラエティ』をはじめとしたマスコミは双方に取材するが、その過程で仮契約の内容が明るみに出れば、次は非難の目が向けられる。どうしてミサキに対してこんな屈辱的な条件を提示したのか、とね」

セリーナはしばらくレナードを睨んでいたが、やがて脱力したように表情を緩めた。

「ファーストもセカンドも同額のギャラ。それが修正案ということでいいかしら」

「プラス会見の際は二人のピアニストが常に同席すること。片方だけではインパクトに欠ける」

「それは当方も考えていたことなので構いません。結構です。その修正案で契約書を作成しましょう」

「よろしく」

まだ半分以上もある紅茶を残し、レナードは席を立つ。

「おお、言い忘れていた。実は個人的にミスター・エドワード・オルソンの提案には諸手を挙げて賛成したい。商売っ気抜きでね」

「どうしてだい」

「わたしの祖父はウクライナ系ユダヤ人の移民でね。常々、新大統領の移民政策には異議申し立てをしたいと思っていた。だが我々はショービズの人間だ。ショービズの人間ならエンターテインメントでできることがある。わたしが声を上げてもいち市民の声にしかならないが、ショーを任せてくれれば数万数十万単位の観客が共鳴してくれる。それでは失礼」

ロビーラウンジから出ていくレナードを見送っていると、セリーナが袖を摑んだ。

「図ったわね、エド」

「何のことだい」

「ミサキとの競演をリークして、こちら側には何のメリットもない。でもレナードは自分がリークしたんじゃないと言った。わたしはもちろん無罪。残るはエドとミサキだけ。ところがミサキはニューヨークに到着してまだ二日目で、『バラエティ』誌にリークできるような人脈があるとは思えない。すると犯人はあなたしか考えられない。あなたなら以前から『バラエティ』誌のインタビューを受けていたから、記者に知った人間がいる」

「雑な消去法だな」

「責めるつもりはないのよ。ただわたしに何の相談もなく独断専行をしてくれたのが悔しいだけ」

相談したら承諾してくれたのかと訊きそうになったが、喉元で止めた。

「僕のブランディングさえ損なわなければいいんだろ。だったらコンサートを成功させるのが最良の手段じゃないのか」

セリーナは虚を衝《つ》かれたというように、こちらを見た。

「エド。あなたって本当にシンプルね」

「何だよ、それは」

「褒めているのよ。長年、マネージャーの仕事を続けていると物事を複雑に考える癖がついちゃう。熟慮は必要だけど、時にはエドのように後先考えずに突っ走った方がいいかもしれない」

「とても褒めているようには聞こえない」

「何にでも突破力は必要。一方で慎重さも必要。だからわたしとエドは足りない部分を補い合っている」

上手く丸め込まれたような気もするが、ミサキとの競演が実現に向かうのであればエドワードに文句のあろうはずがない。

「最後にはレナードと意見が一致したしね」

「ギャラの件かい」

「それもあるけど、わたしも新大統領の移民政策には異議申し立てをしたいと思っていたのよ。わたしたちにはそれぞれの武器がある。抗戦するなら、与えられた武器を有効に使えってことよ」

　翌日、セリーナとレナードの間で契約書が交わされ、お互いの事務所が追認するかたちでプロジェクトが始動した。

『バラエティ』誌のスクープはリークによる一種の飛ばし記事だったが、正式契約によって面目を保つことができた。当然、同誌をはじめとしたエンターテインメント系の業界紙や専門誌のみならず、テレビ、ネットといったマスコミ各社が取材を申し込んでくる。個別に取材を受けていても埒《らち》が明かないので、セリーナとレナードは記者会見の場を設けることで合意した。

　十一月二十七日、マンハッタンレキシントン・アベニューのブルームバーグビル七階が会見場とアナウンスされると、約二百人もの報道陣が押し寄せた。そのため、さほど広くもないフロアは業界人たちの人いきれでむっとしている。

「どうしても出なくてはいけないのでしょうか」

　会見を前にして、岬は気が進まない様子だった。

「あのな、ミサキ。君と僕の名前で客を呼ぶのに君が会見に出席しなくてどうする。英語はネイティブ並みに話せるし、そもそも会見の際に二人が同席するというのは、君のマネージャーが突き出した条件だぞ」

「レナードさんは、時々僕の希望よりもマーケティングを優先させるのです」

「君は記者会見が苦手なのか」

「大勢を前にして話せるのは、オケの人数以内です」

顔つきを見る限り、岬は本気で言っているようだ。まさかこの男にもウイークポイントがあったのかと、不謹慎にもエドワードは愉快に思う。

「分かった。じゃあミサキは適当に相槌を打ってくれたらいい。あとは僕やマネージャーがフォローする」

実際、記者会見が始まると、岬は借りてきた猫のようにおとなしかった。ところがニューヨークの業界人は誰も彼もが快活な笑顔と明確なスピーチを望む。お蔭でエドワードは、怒濤《どとう》のように押し寄せる質問をほぼ一人で受ける羽目となった。

「ドリームチームによる競演ということで、内外のクラシックファンは狂喜していますが、演奏するのが〈ラプソディー・イン・ブルー〉で、しかも二台ピアノというのは意外でした」

「元々、ガーシュウィンが二台ピアノのために書いた曲です。原点に返るというのとはちょっと違いますが、僕とミサキのコラボレーションが新たな〈ラプソディー・イン・ブルー〉を誕生させるのではないかと期待しています」

「公演初日が、ここニューヨークである理由は何ですか」

「〈ラプソディー・イン・ブルー〉の初演は今はなきエオリアンホールでした。同じニューヨークからスタートするには、ここを置いて他にない。カーネギーホールの支配人も快く受け容れてくれました」

「〈五分間の奇跡〉で名を馳せたヨウスケ・ミサキと腕を競うことになりますが、自信のほどはいかがでしょうか」

嫌な質問だが、想定通りだ。

「彼に置いていかれないように頑張りますよ」

「ヨウスケ・ミサキ。予定されていた全てのツアーをキャンセルした後、今度の競演となる訳ですが、どういう経緯があったのか説明してください」

これにはレナードが代わってマイクを握った。

「ミサキ本人のプライベートに関わる話です。ノーコメント」

「まだどこのオーケストラと組むのか発表されていませんね。これもサプライズですか」

「今回のコンサートのテーマは多様性です」

政治的な話が絡むので、これはセリーナが替わり、〈ラプソディー・イン・ブルー〉がヨーロッパ産のクラシックとアメリカ産のジャズの融合であることを説明する。

「異なる民族音楽の融合によって新しい音楽が誕生する。素晴らしいことです。そこでニューヨーク・フィルと協議の上、一部パートについてはオーディションを行うことにしました。現在、ニューヨーク・フィルに黒人団員は一人だけですが、これを意図して複数の人種、複数の民族から募ろうとする試みです」

報道陣の間から驚きの声が洩れる。

「なるほど画期的な試みです。しかし、それは大部分のオーケストラが実施しているブラインドオーディションの精神に逆行するのではありませんか」

ブラインドオーディションとは年齢や性別や肌の色などの外見による評価を撤廃するため、Auditionee（オーディションを受ける者）とAudition Judge（オーディションを審査する者）の間を黒い布などで仕切って審査する仕組みだ。こうすれば演奏内容だけで純粋に判断できるので、最近は国際的なコンクールでも採用されている。

「敢えてマイノリティや有色人種の中から採用するというのは却って差別的だと非難されませんか」

メンバーの一部をオーディションで選ぶというアイデアは、エドワードの描くコンセプトを知らされたニューヨーク・フィルの一人から発案されたものと聞いている。だが、この場で暴露すれば彼らに迷惑が掛かる。

咄嗟《とっさ》にエドワードが声を上げた。

「多様性というテーマを掲げたのは僕なので説明します。今回のオーケストラは先にコンセプトありきの構成にするつもりでした。つまり差別ではなく、テーマに合致した採用です。そこは理解してほしい」

普段は政治的発言をしないエドワードの弁であり、報道陣の中には意外そうな表情をした者もいる。発言を許してしまったセリーナは顔に後悔の色を浮かべている。

その時、隣から控え目な拍手の音が聞こえてきた。

岬だった。

「気心の知れたオーケストラと組む演奏には逆らい難い安定感があります。由緒あるニューヨーク・フィルとであれば尚更でしょう。しかしエドワードさんも僕も、安定を求めるタイプの演奏家ではありません。常に新しい音、新しい曲想、新しい解釈を求めて試行錯誤を繰り返しているのです。もちろん皆さんにお届けする時には満足してもらえるレベルに仕上げるのが必要最低条件なのですけれどね。今回はその試行錯誤の一環と考えていただければ嬉しく思います。そもそもアメリカというのはフロンティアスピリッツの国ではありませんか」

質問した記者は呆気に取られた体で言葉を失っていた。

この野郎、何が記者会見は苦手だ。

エドワードは横から軽く睨んでやったが、当の岬は少し恥ずかしそうに笑っているだけだ。

こうして記者会見は恙《つつが》なく終了した。

翌日の新聞は活字で、ネットは動画で記者会見の模様を細大漏らさず伝えた。エンターテインメント系メディアの反応はエドワードが予想した通り、ほとんどが好意的な記事を書いていた。ここしばらく音楽シーンで目立った動きがなかったことも手伝い、ファイナリスト二人の競演はビッグイベントとして扱われたのだ。

他方、想定外の出来事もあった。ニューヨークタイムズ他、一般の新聞・雑誌・テレビが大きな興味を示したらしく、エンターテインメントとしては大きな枠で記事を載せていた。ただし、こちらは好感半分批判半分といった案配だった。有体に言ってしまえば、民主党を支持するABCと共和党を支持するFOXニュースでは態度がまるで正反対になる。新聞でも、ニューヨークタイムズ他が好意的な記事を掲載してくれた。

『音楽による融和　高まる期待』

『ショパンコンクールの感動がニューヨークで再現される』

『〈五分間の奇跡〉、再び』

一方、タブロイド三紙は冷笑的なリードを立ててきた。

『ポリティカル・コレクトネス（Political Correctness）コンサート　開幕』

『マイノリティ優遇のオーケストラは芸術性を担保できるのか』

『中途半端な音楽はＢＬＭ運動を無力化する』

概して新大統領および共和党支持のメディアは二人の競演に批判的もしくは懐疑的な態度を見せた。それは奇《く》しくもＢＬＭ運動を巡る動きに同調するようだった。

「まさかこんなに評判になるなんて」

ニューヨークタイムズを読んでいたセリーナはしてやったりと満面の笑みを浮かべる。

「評判と言っても、半分は批判だぞ」

「無視されるよりはずっとマシよ、エド。賛同も批判も関心を持っているという点では一緒。そのうち何割かでもカーネギーホールに足を運んでくれれば言うことなし」

「開催が危ぶまれるコンサートは過去にもあったけど、これだけ批判の集まるコンサートも珍しいんじゃないのか」

「その批判をあなたとミサキのピアノで覆すんでしょ」

そう言われたらぐうの音も出ない。つくづくセリーナは有能なマネージャーだと再認識させられた。

これで契約はめでたく成立し、マスコミ発表で公演までの道筋がついた。残る懸念は岬を自宅に招き入れる手立てだ。あの外国人嫌いの頑迷な母親をいかに説得するか。

エドワードはアメリアの顔を思い出す度、憂鬱になった。

＊

同時刻、〈愛国者〉はポスト紙を手に取り、エドワード・オルソンとヨウスケ・ミサキ競演の記事を興味深く読んでいた。

III

piu dolente《ピウ　ドレンテ》

〜もっと痛ましく〜

1

「よお、エド。元気か。ミサキはどうしている」
「Hey!エド。ミサキと同居しているんだってな。今度、サインもらってきてくれないか」
「ねえ、エド。お願いがあるのだけれど、ミサキはファンとのツーショットを快くＯＫしてくれるのかしら」

岬との競演コンサートが大々的に報じられて以来、エドワードの周辺は俄に慌ただしくなった。通りを歩いていると以前よりも声を掛けられることが多くなり、その大部分は岬絡みの話だ。

エドワード自身もこの界隈では有名人だが、世界的に著名なピアニストとなればまた反応も違う。そこでエドワードは一律にこう返事をするようにしている。
「悪いね。ミサキのプライベートは新大統領のそれよりもセンシティブなんだ。何しろミサキはTwitterすらしないから」

すると大抵のファンは納得顔で諦めてくれるので助かる。エドワードはこの時だけ新大統領に感謝する。我ながら余裕のない対応だと思うが、目下のところは他に心を砕かなければならない問題が山積している。かかずりあっている暇はとてもない。

まずは練習場所の確保だ。ゲネプロではないからオーケストラやステージ衣装は無理としても、岬と協奏するパートは今から詰めておきたい。ただしカーネギーホールはもちろん、ちゃんとした音響設備を備えたホールは既にスケジュールが押さえられている。貸しスタジオは多いが、備え付けのピアノは量産品でしかも二台置いているところはない。

結局はオルソン家の練習室を使うしかなく、エドワードの勝手を言えば、岬の移動時間ももったいないので同居してほしい。幸いゲストルームを含めて空き部屋があるので、彼を寝泊まりさせるのに支障はない。

そのためには岬本人と母親アメリアの了承を取り付けなければならない。エドワードが互いのマネージャーも付けない二人だけの面会を求めると、岬は二つ返事で応諾してくれた。

「やあ、いい場所ですね」

エドワードが面会の場所に選んだのは近所の貸しスタジオだった。スタジオのオーナーが旧知の仲であり、今のエドワードが満足するようなピアノは置いていないが防音設備は完備されているので密談にはうってつけだった。

「アマチュアバンドが常連のスタジオだぜ。ピアノは碌に調律もしてなくてホンキートンク（メロディやハーモニーよりリズムを強調した2ビートの音楽。調律されておらず、調子がずれて鍵盤がうまく動かないピアノから発展していった）みたいな音しか出ない」

「ホンキートンクは僕も好きです」

岬は子どものようにはしゃいでいる。ショパンコンクールファイナリストが見せる反応としては意外なものだった。

「まさに乱調の美ですよ。調子っぱずれなのに踊り出したくなる。ヨーロッパの端正なメロディとは別の魅力に溢れています」

この男はクラシックのみならず音楽そのものが大好きなのだ。同族に逢えた嬉しさでエドワードの胸は温度を上げる。

「早速だけど第一回目のミーティングだ。議題は練習場所。ミサキは、どこか目ぼしい場所を見つけたのか」

「それがなかなか」

岬は右手を閉じ開きしながら首を横に振る。

「泊まっているホテルのラウンジを借りて練習しているのですが、夕方の五時までしか使えないので、いささか不満です」

「二台ピアノだからファーストとセカンドの呼吸も合わせなきゃならない。ラウンジに二台ピアノは置けないよな」

「二台ピアノの曲をＢＧＭにお酒を愉しむ客は少ないでしょうね」

「そこで提案がある。僕の家に寝泊まりしないか。そう、コンサート当日までの合宿みたいなものだ。食事も睡眠もとれる。移動時間はゼロだから、一日のほとんどを練習に費やせる」

すると束の間、岬が考え込む素振りを見せたのでエドワードは激しく後悔した。

以前、譜面起こしを自宅でする話はしたが、合宿するという内容までは進めていない。つい逸って合宿などと言い出してしまったが、岬の都合や性的指向をまるで無視していた。

いくら何でも不躾《ぶしつけ》過ぎた。詫びようと口を開きかけたが、岬の方が早かった。

「練習室にはスタインウェイとヤマハが一台ずつ置いてあるんでしたね」

「え。ああ、うん」

「それぞれの製造年と型式を教えてください」

何だ、熟慮の種はそれだったか。

「スタインウェイは一九四三年製のヴィンテージ、Ａ3。ヤマハは一九八六年製のＳ400Ｂ」

スタインウェイＡ3は史上最も完成度の高いモデルとの誉れも高く、ニューヨーク工場で一九四五年までの三十二年間に約四千五百台ほどしか製造されていない。世界的にも稀少《きしょう》なモデルで、中古ながら購入した際にはアメリアがその値段に目を回したものだ。

一方のヤマハはＳシリーズの最高傑作と言われるピアノで、スタインウェイにも決して引けを取らない。響板にルーマニアスプルースを採用しており、倍音の豊かさは他の追随を許さない。今では同じ響板の入手が困難なので同じく稀少性が高い。

「狡《ずる》いですねえ」

岬は羨望を隠そうともしなかった。

「そんなピアノを目の前にして断れる人間はいませんよ」

「今回のコンサートの趣旨に従うのなら同じピアノを二台揃《そろ》えるべきなんだろうけど」

「それはゲネプロの段階で調整できるでしょう。今必要なのはファーストとセカンドの呼吸を合わせる作業です」

どうやら岬はピアノの性能以外には興味がないらしい。

「じゃあ善は急げだ。いつでもホテルをチェックアウトできるようにしておいてくれ」

こうして岬の言質は簡単に得ることができた。残る問題且つ最大の難関はアメリアの説得だった。

エドワードの予想通り、アメリアとの交渉は熾烈《しれつ》を極めた。

「日本人を家に上げるだけでも虫唾が走るのに、その上泊めるだなんて言語道断。それは前にも言ったはずよ」

「聞いているよ。あと、日本人を迎えるというのなら母さんの方が出ていくって」

「ちゃんと憶えているじゃない。スコア以外も記憶できるのね」

いつにない毒舌は、母親の奥底に沈殿している偏見から醸成されているのだろう。ずっと聞いていると胸やけがしそうだった。

岬はエドワードを狡いと言ったが、狡さではアメリアの方が一枚も二枚も上手だ。アメリアの実家は既になく、オルソン家以外に帰る場所などない。エドワードがそれを知っているのを承知の上で脅しているのだ。実の母親を追い出してまで赤の他人を家に招くのか、と。

「あのさ、母さん。僕はショパンコンクールに出場して思い知ったけど、ピアニストに国籍なんてないんだよ」

「何を訳の分からないことを。全員が国を代表して出てきているじゃない」

「国や教師によってメソッドが違うけど、彼らのピアニズムは国柄よりも個性に裏打ちされたものだった。国籍じゃなくて個人なんだ。僕はもちろん、ミサキだってステージでは自分の国籍なんて気にもしないはずだ」

「エドや他のピアニストが自分をどう思おうと勝手だけど、ここはステージの上ではないの。オルソン家代々の屋敷なの。そしてハリー（ハロルドの愛称）が不在の今はわたしが主《あるじ》になっている」

アメリアは傲然と胸を反《そ》らせる。

「家長の言うことには従ってちょうだい」

家長の威光まで持ち出してきたかとエドワードは驚き半分呆《あき》れ半分で聞いていた。父親が没すると、家督の全ては同じ軍人であるハロルドに継承された。次男坊でピアノ弾きのエドワードは蚊帳の外となり、それはそれで心地よかったのだが、まさか客人の招待ごときで云々言われるとは想像もしていなかったのだ。

「この家には、たとえ前大統領でも有色人種は立ち寄らせないのか」

「大統領なら別よ。何しろハリーの隊の最高司令官だもの」

「レイ・チャールズやスティービー・ワンダーは」

「折角だけどお断りするわね」

ここまで徹底すると却って清々《すがすが》しいくらいなので、何も反論しなかった。

エドワードの沈黙を承諾と受け取ったのか、アメリアは踵《きびす》を返してリビングから出ていった。

練習室に戻り、ピアノの前に座った途端に自己嫌悪に苛まれる。

これは何かのジョークなのか。ショパンコンクールでファイナルまで勝ち進み、それなりに名の知れた四十男が未だに母親の言いなりになっている。

思えば、今まで家を出るチャンスはいくらでもあった。ショパンコンクールで名を上げてピアニストとして認知された時、多くのプロモーターから招聘《しょうへい》され、ステージのギャラが高騰した時。だが練習室とヴィンテージもののピアノが完備された自宅を離れる踏ん切りがつかず、兄が戦地に赴けば家にはアメリア一人が残されて不用心だからという理由で先延ばしにしてきた。いや、それはただの言い訳に過ぎなかった。自分は現在の居心地の良さを手放したくなかっただけなのだ。

とにかく岬にはチェックアウトの用意をしておけと大見得を切った手前、アメリアの拒絶に唯々諾々と従う訳にはいかない。

自己嫌悪と焦燥感に炙《あぶ》られながら様々な策を講じてみる。やがて思いついたのは「家長」に打診してみることだった。

スマートフォンでハロルドを呼び出す。何と最初のコール音で相手が出た。

『エドか』

声を聞くのは数年ぶりだが、ハロルドはひどく緊張している様子だった。

「久しぶりだな、兄貴。今どこにいるんだ」

『電話では話せない場所にいる』

職業が軍人だから、兄弟にも話せない場所となれば作戦行動中の現場に相違ない。思わずエドワードは声を潜めた。

「今話して大丈夫なのかよ」

『起きたところだ。構わない。ただし話せても五分程度しか余裕がないぞ』

「そっちは大変そうだけど、いいのか」

『大変じゃないケースの方が珍しいから気にするな。たまにはお前の話も聞きたいしな』

アメリアによれば、大佐に昇格した今でもハロルドは最前線に立って隊を指揮しているらしい。本来であれば作戦本部の椅子にふんぞり返っていてもいい身分なのに、砲弾と銃撃の音が飛び交う戦場に赴くところがオルソン家の血筋といったところか。

ハロルドが自分の話を聞きたいというのなら遠慮は要らない。エドワードは現在企画している〈ラプソディー・イン・ブルー〉のコンサートについて思いの丈をぶち撒けた。ハロルドはクラシックに精通しているものではないが、エドワードが熱っぽく話す内容にはいつも耳を傾けてくれたのを思い出す。

「そういう訳でそのファイナリストを泊めてやりたいんだけど、母さんがうんと言ってくれない。兄貴はオルソン家の家長だったよな。母さんに言ってくれないか」

『俺が家長というのはあくまで便宜上のことだ。ニューヨークでは、軍人が家督を継いだ方が州法上何かと有利だしな。第一、オルソン家の実権を握っているのが母さんであるのは、お前だって知っているだろ』

「便宜上でも、家長の兄貴が説得してくれたら母さんも聞き届けてくれると思うんだ」

『母さんの外国人嫌いは筋金入りだ』

電話の相手にエドワードは頷くしかない。幼少期の体験が原因だが、母親の偏見を助長したのがオルソン家の家風であるのは間違いなかった。

『家風で助長された偏見だから、息子の俺たちが何を言っても聞きゃあしない。あの人が従うのは死んだ親父だけだ』

ハロルドの母親観が正確で客観的なのは、本人がさほど外国人嫌いではないせいだろう。外国人嫌いでもないのに軍隊を選んだのは偏に家風によるものだった。

『悪いが俺ではエドの力になれん。すまないな』

「いや、俺の方こそ平和ボケのような相談をして悪かった」

『それでいい。実家まで殺伐とした雰囲気だったら救いがない』

厭世観《えんせいかん》の漂う口調に、兄の赴いている場所の凄惨さが窺《うかが》える。

『本国の様子は聞いている。結構、荒れているようだな』

「選挙前から燻《くすぶ》っていた騒ぎが就任後に再燃している」

ふと聞いてみたくなった。

「兄貴は新大統領に忠誠を誓えるのか」

『大統領は最高司令官だ』

予想通りの答えだが、続く言葉があった。

『だが、俺は国に忠誠を誓っている』

なるほど、兄貴らしい。

「そっちでもＢＭＬ運動は広がっているのかい」

『戦地で命を賭けている者同士に肌の色なんか関係ない』

「折角大佐に昇格したっていうのに、わざわざ危険な戦場に出掛けるそうじゃないか。無謀だよ、兄貴は」

『お前だって同じだぞ』

「何が」

『拳銃一挺《いっちょう》持たずにラプソディー一曲でヘイト連中を黙らせようっていうんだろ。そっちの方がよっぽど無謀だ。お前は間違いなくオルソン家の血筋だよ』

「言ってろ」

エドワードが会話を畳もうとしたその時だった。

『待てよ。因《ちな》みにお前が泊めたがっているピアニストというのは誰だ。さっきからショパンコンクールのファイナリストとしか教えてもらっていないが』

ハロルドは世界情勢や敵国の軍事力ほどにはピアノに詳しくない。だからショパンコンクールのファイナリストという一般に知られるレベルで話を進めていた。

「兄貴は知らないだろうけどミサキという日本人だよ」

電話の向こうで一拍の沈黙があった。

『ひょっとしたら〈五分間の奇跡〉のヨウスケ・ミサキのことか』

「何だ。ミサキくらいは知っていたか」

『何故それを先に言わない』

声が跳ねた。

『彼には恩がある』

「兄貴がか。いったいどこにミサキとの接点があるんだよ」

『〈五分間の奇跡〉はパキスタン国境に近いカンダハルのアディカル山地で行われた』

「ああ、知っている」

『当時、俺の隊はパキスタン政府の要請を受けてその場所にいた。膠着化《こうちゃくか》していた戦況に穴をあけてくれたのがミサキのノクターンだった。彼のピアノがなければ、二十四人の人質を取られたまま俺たちは消耗戦を強いられて徒《いたずら》に兵力を殺《そ》がれるだけだった』

ハロルドはこちらの相槌も確かめずに喋り続ける。

『よく教えてくれた、エド。これでやっと彼に借りが返せる。母さんは家にいるんだな』

「自分の部屋にいるはずだ」

『今からミサキを寝泊まりさせるように説得する。何か文句をつけてきても、最悪、俺の部屋を提供すればいい』

「兄貴の部屋は家族でも出入り禁止のはずじゃなかったのか」

『何にでも例外がある。彼なら部屋の壁に落書きされても構わない。いや、むしろその方がプレミアになるか』

次の瞬間、不意に電話の向こう側が慌ただしくなった。

『もう切る。健闘を祈るぞ』

兄の声はそれっきりで途絶えた。エドワードはスマートフォンを握ったまま呆気に取られていた。

動きがあったのは二時間後だった。練習室で譜面を起こしていると、ドアをノックしてアメリアが入ってきた。

「今しがたハロルドから連絡があったわ。家長権限でヨウスケ・ミサキに無期限の宿泊を認めるって」

アメリアは顔色を変えている。こんなにも激怒した母親を目にするのは久しぶりだった。

「よくも兄弟で結託してくれたわね。あなたたち、そんなに仲がよかったの」

兄弟仲が悪くなかったのはアメリアも承知のはずなのに、口をついて出てしまうのは彼女が冷静さを失っている証拠だ。

「家長の言うことに従えと言ったのは母さんだろ」

自縄自縛とはこのことだ。アメリアは返事に窮した様子で唇を歪めてみせた。

「勝手にしなさい。その代わり、食事はあなたたちと別にさせてもらうわ。サブウェイでもバーガーキングでも好きなものをデリバリーさせればいい」

そして似合わぬ捨て台詞《ぜりふ》を吐くと、さっさと出ていってしまった。

怒るとまるで子どもみたいだな。

アメリアの怒気に気圧《けお》されたエドワードは場違いな感慨を抱く。ともあれ波乱含みではあるものの、岬をオルソン邸に招き入れる素地はできたようだ。

母親に袖にされた寂しさよりも客人を迎えられる喜びの方が勝っていた。エドワードは居ても立ってても居られず、スマートフォンで岬を呼び出した。

「お招きいただいたのはとても嬉しいのですが、本当にご迷惑ではありませんか」

オルソン邸の玄関先で岬は申し訳なさそうに立ち尽くしていた。

「家長の許可は取ってある。遠慮しないで入ってくれ」

誇らしさで胸がいっぱいになる。今まで岬と競演した者はいるが、合宿までしたのは自分が最初になるのだ。

見たか、リュウヘイ・サカキバ。

悔しがれ、ファイナリストたち。

「少なくともニューヨーク公演が終わるまで君はオルソン家の客人で」

岬の荷物を一瞥してエドワードは喋るのを中断した。彼が持ってきたのは小ぶりのスーツケース一個だけだった。

「まさか、これで荷物全部なのか。二日分の着替えしか入らないぞ」

「本当ならお気に入りのピアノと一緒に移動したいのですが、世の中はうまくいきません」

ピアノ以外に必需品はないというのか。あまりの極端さにエドワードは声に出して笑う。

「ミサキ、やっぱり君はユニークだよ。さあ家に入ってくれ」

「その前に宿泊代を決めておきませんか」

「招いた客からカネを取るってか。あまりオルソン家を見損なわないでほしいものだ」

「それでは迷惑のかけすぎになってしまいます」

「そう思うのなら、僕の望みを叶《かな》えろ」

岬の弱みにつけ込む気など毛頭ないが、最初に希望を告げておくのは大事なことだとハロルドから教わった。

「二人のピアノで、この国を覆っている殺伐とした空気を吹き飛ばそう」

玄関先では借りてきた猫のようだった岬は、練習室に入るなり表情を一変させた。

「A3」

子どものように目をきらきらさせると、スタインウェイの傍に駆け寄る。

「触れてもいいですか」

「君の練習用ピアノだ。好きにしろ」

岬はまず白鍵に指を滑らせる。撫ぜるような、愛《め》でるような官能的な指だ。

次に響板に指を這わせ、感触を確かめた後に人差し指の第二関節で軽く叩いてみせる。

「さすがヴィンテージですね。深い音がします」

ハンマーが打つ音を増幅するだけなら金属板の方が、はるかに効率がいい。だが金属板では低音も高音も同様に増幅してしまう。ピアノの響板に木が使用されているのは、低音だけを増幅し高音は逆にカットする性質があるからだ。

従って響板に採用される樹種はピアノの音を決定づける大きな要因となる。スタインウェイの「ヴィンテージ」と呼ばれるモデルは響板に現在では稀少となった樹種が使用されており、高い倍音をより効果的に吸収してまろやかに感じられる音のみを豊かに響かせる特性があるのだ。

「実は途中までですが、二台ピアノのための譜面を起こしてみました」

「君もか。見せてくれないか」

エドワードは譜面を受け取り、数枚目を通して少なからず驚いた。

岬が起こした譜面はピアノのソロパートを単に二分するのではなく、セカンドがオーケストラパートの一部を引き受けながらファーストとのユニゾンを図るという内容だった。

オーケストラパートの一部をセカンドが担うのはステージの規模を考慮した結果でもある。カーネギーホールはともかく、地方都市のホールの中にはさほどステージが広くないものもある。各々の楽器には演奏に必要なスペースがあり、ピアノを二台置いた場合、オーケストラのスペースを侵食してしまうので演奏者の数を調整する必要が出てくる。

エドワードの起こした譜面も岬のそれと同様だが、ユニゾンを図るまでには考えが及ばなかった。しかも岬の起こした譜面ではセカンドの担当する領域が更に拡大され、ピアノとオーケストラを媒介する役割を負っている。

「この譜面では君がセカンドを弾く前提になっているのか」

「特に想定はしていません」

「ピアニストのほとんどは自分の演奏能力の範囲内でしか譜面を起こさない。いいさ。どのみち君にセカンドを演《や》ってもらうつもりだったんだ。君の譜面で進めよう」

エドワードが岬と譜面を囲み、ああでもないこうでもないと意見を交わしていると、あっという間に時間が過ぎていく。一つの曲を二人で練り上げる作業がこんなにも楽しいものだとは想像もしなかった。

「一度合わせてみようか」

「ええ。今日はこちらで伴奏も弾きます」

岬はスタインウェイに、自分はヤマハの前に座る。

深呼吸を一つ。

期待と緊張でエドワードの心拍数が上がっていく。夢にまで見た岬とのセッションの、これが最初の一打になるのだ。

初めの打鍵でエドワードの胸は鷲掴《わしづか》みされた。

本来の〈ラプソディー・イン・ブルー〉は気怠《けだる》いクラリネットのソロで始まる。一音一音を区切らず滑らかに上下向させるグリッサンドという奏法で、切れ間のないメロディが優雅で煽《せん》情的《じょうてき》な感興を呼び起こす。

ガーシュウィンによる二台ピアノの原典ではこの部分を十七音の上昇音階で記しているが、

岬はピアノで再現している。しかしただの再現ではなくグリッサンド奏法のように巧みに音を連続させているため、クラリネット同様に起き抜けのような心地よい気怠さを演出しているのだ。

　岬は右手で上昇音階を刻む傍ら、左手の伴奏でトランペットパートを差し挟む。やがて立ち上がる主題で、正面に座るエドワードは身じろぎ一つできない。

　何だ、これは。

　まだ前奏部分にも拘わらず、既に岬のピアニズムが横溢している。スローなのに躍動的、陰鬱なメロディなのに生気に満ちるという、相反する二つの要素が完璧に融合しているのだ。いち観客として聴いた時にも驚いたものだが、競演者として目《ま》の当たりにすると、また別種の驚愕を味わう。

　立ち上がった主題は更に陽気なトランペットパートで修飾される。

　ここでようやくエドワードのピアノソロが入った。だが一打目から違和感に襲われる。譜面通りの速さで弾いているはずなのに遅延感が付き纏う。

　ワンフレーズ弾いた時点で気づいた。セカンドのピアノが煽るために急《せ》かされているような気分になるのだ。もちろん岬の側にファーストを煽るような意図はないだろうが、流麗なピアニズムが自ずと競演者を巻き込んでしまう。

くそ。

ピアノソロで必死に抵抗していると、セカンドのオーケストラパートがトゥッティ（総奏）で主題を奏でてきた。

だが壮大なオーケストラはすぐに収まり、エドワードは静かに旋律を紡ぎだす。ここからはスコアにしてほぼ五ページに亘るピアノが続く。ただし岬とエドワードの起こした譜面ではファーストとセカンドの応酬が繰り広げられる格好になる。

水面を転がるような軽快なメロディ。しかしただ軽快なだけではなく独特のリズムを求められる。一拍に四つの固まりとして書かれた十六分音符を一小節に十六個配置し、それらを三つずつの三連符にして奏でなければならない。更にそれぞれの拍頭にアクセントを付けるというテクニックを必要とする。

岬のピアニズムは高度なテクニックを駆使して尚、健在だった。上昇し続ける強い打鍵、弱音でもはっきり聞こえる打鍵。エドワードにとっても厳しい箇所を難なく弾いていく。ユニゾンを迫られてもエドワードはついていくのがやっとだった。

メロディはいったん落ちるものの、優雅に主題を繰り返す。そして狂おしいダンスを踊りながら猛烈な勢いで上向していく。エドワードは懸命に指を動かすが、やはり遅延しているような感覚が拭いきれない。

思えばエドワードは譜面起こしに傾注して実際に弾いてみたのは数えるほどだ。だが岬の方は既に暗譜したと見紛《みまが》うくらいに迷いがない。碌に練習する場所もなかったはずなのに運指が正確且つ躍動しているのは、鍵盤の支配力が圧倒的なせいだとしか考えられない。

やがて岬の左手は力強いオーケストラの合奏を立ち上げた。

これまでの曲調とは打って変わり、飛び跳ねるようなリズムが連続する。まだ四分足らずしか演奏していないのに、まるで二十分も弾き続けているような錯覚に陥る。だが指の疲れに反して気分はずっと昂揚している。

岬の特徴的なリズムと和音の連打がエドワードのソロを盛り上げようとしてくれている。エドワードはこれに応えるべく、指先に全神経を集中させて鍵盤を叩く。ジャズのアドリブ風のカデンツァを多用して岬の紡ぎだすリズムに拮抗《きっこう》しようともがく。

不意に視野が狭まった。

脳や神経の異状ではない。演奏への集中度がある境界線を越えた際に生じる現象だった。エドワードも何度か経験したが、まさか〈ラプソディー・イン・ブルー〉の序盤で起きるとは予想もしていなかった。

華やかにメロディが修飾される間断を縫って時折岬のセカンドによる沈鬱な調べが忍び寄る。既に曲全体は岬の支配下にある。先導するはずのファーストがセカンドに翻弄される一方ではないか。

次のフレーズに入る寸前、堪らずエドワードは声を上げた
「ＳＴＯＰ！　ＳＴＯＰ！」

鍵盤から両手を離したエドワードを見て、岬も指を止める。

「どうしましたか」

「上手くユニゾンできない。指が遅い。メロディに乗っているだけで作れていない。もちろん僕がだ」

続く言葉で累計の練習時間を問い質《ただ》そうとして、止めた。岬の申し訳なさそうな顔が全てを物語っていた。

いくら自分でも譜面を起こしたとは言え、先刻エドワードの譜面と付き合わせたばかりだから、新バージョンでの演奏は二人とも初めてのはずなのだ。同じ条件で競ったにも拘わらず、彼我の能力差は如何《いかん》ともしがたい。

「ここまでの面は完璧に近いと思う。おそらくそんなに時間をかけなくてもいい。問題は僕の指がこの譜面に対応しきれていないことだ」

同じピアニストを前に実力の差を明言するのは敗北宣言も同じなのだが、不思議と岬に対しては屈辱を感じない。

「とにかく足りないこと、すべきことは明らかになった。君と合宿できて幸いだった。これからは寝食と入浴時以外はピアノの前から離れないことを誓う」

2

当たり前の話だが〈愛国者〉も生まれた時から暗殺者だった訳ではない。幼い頃にはよく泣きもし、感情を露《あらわ》にもした。他人から愛されようとして失敗し、失敗を挽回《ばんかい》しようとして更に失敗する。友だち作りが苦手な子どもによくある話だが、〈愛国者〉の場合は事情が少し違った。

ブルックリンに移り住む前は同じニューヨーク州の北西部エリー郡バッファローに家族と住んでいた。今でこそ市街地再開発と教育分野の拡充で治安がやや改善されたものの、当時は主要産業であった鉄鋼、製粉業の衰退によって治安が悪化し市街地は荒廃の一途を辿っていた。

加えてバッファローは黒人と白人人口の地区別分離を基にした隔離水準が米国でも特に高く、差別感情が澱のように土壌に染み込んでいた。郊外のアムハースト市が全米で最も安全な都市として知られる反面、バッファロー中心部の治安は全米最悪とされ、しかも年々悪化する一方だったのだ。

人種差別と治安の悪さは相関関係にある。人種差別の果てに治安が悪くなるのか、治安が悪いから偏見に拠《よ》る人種差別がなくならないのか。おそらく両方なのだろう。

街を歩いていても落書きのない壁の方が少なく、どこを歩いても悪臭がする。もっとも臭いの元は生ゴミや下水ではない。

街中から悪徳の臭気が漂っているのだ。

同い年の子どもたちはミドルスクールに上がる頃から麻薬売買や売春に手を染めていた。幸か不幸かそうした子どもたちの仲間にはならなかったが、要は誘われなかっただけの話だ。

思い起こせば、生まれながらにして忌み嫌われる運命だった。住んでいた地域では主に白人の子どもから迫害された。

『近づくなよ、○○』

『黒いのがうつるだろ』

『汚らわしい』

『マイケル・ジャクソンみたいに脱色してみせたら仲間に入れてやってもいいぞ』

物心つく頃から皮膚については散々言われたが、決して慣れるものではない。近所でも学校でも疎まれ、差別の対象にされた。

両親とも製粉工場で働いていて、家は食事をして寝るだけの場所になっていたので、我が子の相談に乗る余裕など微塵もなかった。あったとしても、学校や相手の親に抗議したところで差別が常態化した街では解消される可能性は無きに等しかった。

『俺やママを恨む前に神様を恨むんだな』

父親は慰めてくれようともしなかった。

殺伐とした生活の中で唯一の潤いになったのは音楽だった。勉強や運動は十人並みでも楽器の演奏は他人より数段巧《うま》かった。得意なのは吹奏楽器で、ホルンもトランペットもサクソフォンもクラリネットも大抵は吹けた。

ミドルスクールにもハイスクールにも弦楽オーケストラと吹奏楽のバンドがあり、選択科目の一つとなっていた。他に熱中する対象もなく、無駄に時間を費やす友人もいない。日がな一日練習に明け暮れていれば他人の悪意に傷つくこともない。

素質を持つ者が練習を重ねれば、当然のように上達する。郡の教育委員会が主催するコンクールで入賞すると、俄に音楽家の道が見えてきた。

しかし、そこまでだった。

教育委員会が認めた腕もプロは容易く認めてくれなかった。オーディションを受ける度に落とされ、有名な交響楽団は自分を必要としてくれなかった。地元の小さな交響楽団が不定期に呼んでくれる以外、演奏で収入を得ることは叶わなかった。

二十歳になった頃、新しい楽器を買うためにどうしても千五百ドルが必要になった。だが貯蓄もなく共働きの家庭に千五百ドルもの楽器を買う余裕など到底ない。

『千五百ドルだって。馬鹿言ってんじゃないよ。それだけありゃ親子三人、何カ月食っていけると思ってるんだい』

しかし音楽こそが生きる糧の全てだと信じていたので、千五百ドルは悪魔に魂を売ってでも手に入れたいカネだった。

そんな時、自分がカネを欲しがっているという話を聞きつけ、近づいてきた者がいる。

『手っ取り早く稼げる仕事があるが、どうだ』

近づいてきたのは近所でも評判のワルで、真っ当な人間であれば半径五メートル内にもいたくない男だった。

『なあに、楽な仕事だ。馬を一頭狙ってほしいんだ』

『馬を』

来月、アムハースト市は全米で最も安全な都市にランキングされたことを記念してパレードを行うらしい。市長が馬に乗ってパレードに参加するのだが、その馬を歩行不能にしたいと言うのだ。

『アムハーストの市長を嫌っているヤツは少なくない。公衆の面前で大恥を掻かせてやりたいのさ』

報酬は二千ドルだった。新品の楽器を買ってもお釣りがくる。男によれば、自分は悪い連中と接点がないので計画が露見する惧れが少ないと白羽の矢を立てたらしい。

犯罪の多い街に生まれ育ち、周りにも逮捕歴を持つ同世代が多くいれば遵法精神のハードルは膝の辺りまで下がる。襲撃対象が人ではなく動物であることが、更にハードルを下げた。

『ＯＫ。やるよ』

数日考えて襲撃方法を提案した。すると男はこちらの提案に驚嘆してみせた。

『なるほど。お前ならではのアイデアだな。Amazing じゃないか』

馬を歩行不能にする飛び道具を調達してもらい、一カ月練習に励んだ。元々そちらの才能も兼ね備えていたのか、決行前日には目的遂行にかなりの自信が持てるようになった。

そして決行の日、〈愛国者〉は見事にミッションをやり遂げた。いや、いささか出来過ぎだったのかもしれない。

狙撃を受けた馬はその瞬間にひどく驚き、約百メートルに亘って暴走した。幸い観客に怪我《けが》人《にん》は出なかったものの馬は四日後に死亡、乗っていた市長は勢いよく跳ね飛ばされ、半身不随となったのだ。お蔭でひと月先の市長選では不出馬を余儀なくされ、対抗馬だった新人候補が当選した。

狙撃した当人は引き起こした事態の大きさに怯《おび》え、現場から逃げ去ると家に引き籠り一歩も外に出ようとしなかった。

『よくやった。まさかあそこまで成功するとは思わなかった』

『何が成功だよ。市長をひどい目に遭わせてしまった』

『元々市長選を有利に戦うための計画だった。市長選に不出馬になってくれたのは望外の成果だ。お前には感謝している。いっそのこと、この仕事を専業にしないか』

『何の薬を仕込んだんだ。普通に命中したら馬もあんな死に方はしない』

『ボツリヌスって名前の毒だ。詳しいことは事典で調べるがいい』

早速、調べてみた。事典によればボツリヌス毒素は〇・〇〇〇〇六ミリグラム（一億分の六グラム）で人間一人を殺すことが出来るとのことだった。その中毒症状は筋肉の麻痺《まひ》が顕著で、重症になると呼吸筋も麻痺するために息ができなくなってしまう。意識は最後まであるので、体が動かず呼吸が出来なくなっても苦痛と恐怖に塗れて死んでいくらしい。知らなかったとは言え、よくもまあそんな代物を安易に扱ったものだと我ながら呆れた。

後日、何と五千ドルが札束で送られてきた。約束の二倍以上の報酬には、もちろん口止め料が含まれている。元より自分のしでかしたことが恐ろしくて堪らず、他言するつもりなど毛頭ない。

市長落馬の件は司法当局が調査したものの、馬が何者かの襲撃によって暴走した結果の事故と発表された。おそらく馬の死骸から毒物が検出されたに違いないが、実行犯を特定するまでは事実を伏せているのだろう。

新しい楽器を購入するや否や、バッファローに見切りをつけて単身ブルックリンに逃げてきた。ほとぼりを冷ます目的もあったが、マンハッタン周辺ならば自分の才能を買ってくれる交響楽団があるかもしれない。ここで自分は演奏家として真っ当な生き方に立ち戻るのだ。

だがマンハッタンも田舎から出てきた演奏家には冷たかった。名立たる交響楽団は既に定員いっぱいであり、欠員を募集しているところも〈愛国者〉にはなかなか微笑んでくれない。

期待と落胆を繰り返す日々が続く中、次第に手持ちの資金が目減りしていく。だが大都市であっても好条件の就職口がそこら中に転がっている訳ではない。オーディションのスケジュールを横目に就職活動をしていると、なかなか目ぼしいところは見つけられずにいた。

結論を言えば才能を買ってくれる者はいた。

ただし演奏以外の才能をだ。

ニューヨーク・フィルのオーディションに落ち、公園のベンチで項垂《うなだ》れていると声を掛けてきた男がいた。

『あんたの才能に惚《ほ》れ込んでいる。是非、発揮してくれないかね』

彼と彼の属する組織が買ったのは人殺しの才能だった。

思わず身構えると、男はそのまま座っているよう両手で制し隣に腰掛けた。

『あんたがアムハーストで仕事を成功させたのは知っている』

『あなたが何を言っているのかさっぱり分からない』

『隠す必要はない。見事な仕事は広く喧伝されるものだ。ただし表には出ない評判だがね』

男はアムハースト市の狙撃に使用された毒がボツリヌスである事実を告げた。計画に関与した者とおそらく司法当局だけが知り得るはずの情報が筒抜けになっているのだ。

自分は真っ当な生き方に立ち戻る。バッファローを出る際にそう自分に誓ったではないか。心中で抗っていると、男が更に誘惑の言葉を投げかけてきた。

『ニューヨーク市内の物価は高騰している。こっちのランチ代がバッファローのディナー代とほぼ同額だ。家賃格差はもっと広がっている。失礼だが、今のあんたの手持ち資金であと何カ月アパートにいられる』

『交響楽団の口さえ決まれば』

『その話も聞いている。だが、いつオーディションに受かるかどうかも分からない。それなら、せめて最低限の生活費を捻出できるだけの副業を確保しておいた方が利口じゃないのかい』

男の口説が巧みだったのは、裏の仕事を副業と称したことだ。副業。仕事に対する責任感が薄まる便利な言葉だった。

『ケースバイケースだが依頼一件につき最低五千ドルは保証するよ。あんたがアムハーストの仕事で得た報酬と同額だ。悪い話じゃないだろ』

受け取った報酬の金額まで知れ渡っているのか。

五千ドルは今住んでいるアパートの家賃九カ月分に相当する。言い換えるなら、年に二件も引き受ければ最低限ホームレスにはならずに済む計算だ。

『念のために言っておくが、あんたが提案を断ったとしてもアムハーストの一件を司法当局にチクるつもりはない。実行犯をパクられたら都合の悪い話が芋づる式に出てくるからな』

紳士的な申し出に聞こえるが、実はこちらを実行犯と強調することで、もう後戻りはできないと脅しをかけているのだ。

畜生。アメと鞭《むち》という訳か。

一瞬己の運命を呪ったが、絶望との付き合いは慣れていたので、すぐに気持ちを切り替えた。

『専門的な訓練を受けたことはないから、アムハーストで試した手段しか使えない』

『望むところだ。我々はあの手際の良さに惚れ込んだのだからな』

『同じやり方を望むのならボツリヌスが要る』

『それも心配しなくていい。身内には細菌研究者もいる。依頼の度に微量を用意させる。もっとも、その微量で百人単位を抹殺できるんだがな』

男は自分のジョークが面白いとみえて、くっくと笑う。

『じゃあ契約成立だ。依頼する時はこちらから連絡する』

自宅アパートの住所もモバイルの番号も訊いてこないのは、とっくに調べがついているからに相違なかった。

『質問がある。依頼された件について、こちらの選択権は認められるのかい』

『選択権だと』

不意に男の口調が野卑になった。

『選んだのはこっちだ。忘れるな』

去り行く男の背中を見ながら思い知らされた。

非合法な報酬を得た者は、その時点で腰まで泥濘《ぬかるみ》に浸《つ》かっているのだ。


以来、〈愛国者〉は男とその組織の道具に身を堕した。共和党ゆかりの人間を数人、または人種隔離に積極的な要人たちを亡き者にしてきた。

最初に人間を殺した時に感じた恐怖と罪悪感も二人目からはたちまち減衰し、最近では仕事と割り切れるようになった。ワンステージで得られるギャラよりも暗殺で得られる報酬がはるかに多く、本業と副業の関係はとっくの昔に逆転している。

ブッシュウィックの見慣れた雑居ビルに入り、男の部屋を訪ねる。計画を練るためにいちいち訪問するのは面倒だが、電磁記録を残すよりはましだと強要されて渋々従っている。

「計画は詰めているのか」

男の問い掛けを、やや抗議口調で返す。

「六十八階フロアへの侵入はやはり現実的とは思えない。対象の行動予定が明確にならないと計画は立てられない」

「ヤツのTwitterを監視しているが相変わらずだ。民主党やアンチへの誹謗中傷《ひぼうちゅうしょう》はこまめに呟《つぶや》いているが、遊説予定についてはひと言もない。警備上の問題もあるから周囲から口止めされているんだろう」

必要なことは言わず、敵対する者を煽ることには熱心ときた。大した大統領だと思った。

「大統領の趣味を調べておいてくれと頼んだ」

「不動産業者だった頃のインタビューが残っていた。趣味は仕事なんだそうだ」

男は他人の子どもの評判を語るような顔で言う。

「仕事人間にだって趣味の一つや二つはあるはずだ」

「本人が公言しているのはゴルフだ。以前は休みの日を見つけてはラウンドを回っていたらしい」

「ゴルフ場は見晴らしが良すぎる」

自分が得意とする狙撃は目標との距離が二十メートル内に限られる。それ以上離れると精度が落ち、失敗の確率が高くなる。従って有効射程内に接近するための煙幕として、ある程度の人だかりが必要になる。

「ゴルフ以外の趣味は？　たとえばコンサートやミュージカルに出掛けることはないのか」

劇場に足を運んでくれれば観客が目くらましになってくれる。チケットの入手方法を工夫すれば有効射程範囲の二十メートル内で機会を待つこともできる。

「一応、ニール・ヤングやエアロスミスが好きらしいがコンサートに詰め掛けるほどのファンじゃない。そもそも大抵のアメリカ人ならこの二組は普通に好きだろうよ。もっとも二組の方はヤツを嫌っているらしいが」

劇場での狙撃も望み薄か。

「夫人同伴でレストランにはいかないのか」

「大好物はマクドナルドだそうだ。そりゃあたまには外食もするだろうが、根城にしているビルの一階にはステーキハウスやら諸々のレストランがある。つまりビルから一歩も外に出る必要がない」

答えを聞く度に落胆する。特筆すべき趣味もなく、仕事以外ではほとんど外出しない。アメリカ合衆国大統領というセレブの頂点にいながら音楽の趣味も食事も大衆のそれと寸分違わない。庶民的と言えば聞こえはいいが、暗殺を企てる側にすればもう少し派手な場所に出没してほしいところだ。

「夫人の趣味も調べておいてくれと頼んだ」

「夫人の方がいくぶん華やかだな。芸術全般、建築、デザイン、ファッション、美容。もっとも、これは彼女がファッションモデルだった頃のプロフィールだ。現在は変化しているかもしれんし、本当かどうかは彼女のみぞ知ることだ」

「結局、確証のある情報は一つもなしか」

「焦るな」

男は空のグラスを弄りながら言う。

「チャンスというのは、いつも突然降ってくるものだ。要はその時に対応できる準備さえしておけばいい。今までもそうだっただろ」

標的は合衆国大統領だ。下準備は入念にしてし過ぎることはない。

「決して悠長に構えている訳じゃない。時間が経てば経つほど悲劇も続く。一刻も早くヤツの墓碑銘を刻まなきゃならない。見たか」

男はテーブルの上に投げ出されたニューヨークタイムズを顎で指す。

「ホワイトハウス前でＢＬＭのデモに参加していた黒人女性が、白人至上主義者と思われる数人に殴る蹴るの暴行を受けた。全治二カ月の大怪我だ」

「テレビで観た。犯人はまだ捕まっていないが、防犯カメラに暴行の現場がばっちり映っていたから早々に特定されるだろうな」

「暴行を受けた女性は、我々を支援してくれているメンバーの娘だ」

「そのメンバーは怒り狂っているだろう」

　ふと男の目が昏《くら》くなった。

「俺も彼女を知っている。直に会ったことは数えきれない。自分の娘同然とまでは言わないが、彼女の腫れ上がった顔を見せられた時には理性を失いかけた。まあ、その程度の間柄だ」

　男は尚もグラスを弄ぶが、表情はかつてないほど激情に歪んでいる。いつ怒りに任せて床に叩きつけるのかと、見ているこちらは気が気でならない。

「彼女の顔を変形させた白人至上主義者は当分、逮捕されない」

「あんたたちが先に捕まえて殺すからか」

「殺しゃしない。ただ顔のかたちを変えてやるだけだ」

　淡々とした語り口が、逆に男の激情を窺わせる。

「彼女を襲った白人至上主義者も憎いが、言ってみりゃそれだけのことだ。だが、あの新大統領はいけない。憎いとかそんなレベルじゃない。アレは災疫みたいなものだ」

「ウイルス並みの扱いか」

「選挙は唯一の民意だと抜かす者がいる。間違いじゃないが正確でもない。あのクソ野郎を新大統領に選んだのがアメリカ国民の総意なはずがない。ところが白人至上主義者たちは就任演説を機に、マイノリティの排除が正当化されたように振る舞っている」

男の言説は独断めいているが、ここ数日の事件を見聞きしていれば満更当てずっぽうとも思えなくなる。新大統領の就任演説以来、各地で同様の暴行事件が発生しているからだ。中には迫害された側が迫害した側に過剰な反撃をした例もあり、事態は単純な暴行事件に留まらず、いよいよ内乱の様相を呈し始めている。

「過去に起きた大小のレイシズムの話じゃない。いや、確かにレイシストが合衆国大統領に就任するだけでも充分に問題ではあるが、事態はもっと深刻だ。ヤツが愚にもつかない言動を重ねることで国の分断がじわじわと始まっている。共和党対民主党なんて高尚な政治信条の対決じゃない。人種差別を肯定するか否定するかっていう、途轍《とてつ》もなく低次元の対立なんだ」

男の弁舌は至極真っ当ではあるものの、目的遂行のためには要人の暗殺も辞さない点が悩ましい。人種差別と暗殺、どちらが人道的でどちらが非人道的ということもあるまい。

もっともこれは〈愛国者〉が日頃から感じている矛盾であり、自らの手を汚さない立場の者は一顧だにしないのかもしれなかった。〈愛国者〉自身は仕事と割り切っているから今までは葛藤もしなかった。しかし標的がレイシストの大統領となれば隠れていた義憤がのそりと頭を擡げてくる。いずれにしても悩ましさは付き纏う。

「これから散発的な黒人への排斥運動が続く。黒人ばかりじゃなくヒスパニック系を含めたマイノリティが対象になることもあり得るだろう。そうなればこっちだってただ殴られるのを待つ訳にはいかない。当然、過剰防衛もするし反撃もする。全米が内乱状態になっても、俺は少しも驚かないね」

昨年までなら彼の話も単なる与太で済んだだろう。だがあの男が新大統領となった現在、少しも笑えなくなっている。

アメリカは移民国家であり、人種のるつぼだ。そんな国が建国から二百年以上も繁栄しているのは、根幹に確固たる理想主義が根付いているからだ。

だが社会的な分断は理想主義を大きく毀損させる。社会学者でなくても、その程度の理屈は理解できる。

「お前に言うことじゃないかもしれんが、暗殺者がヒーローと持て囃される国なんて碌なものじゃない。だが今回に限り、大統領暗殺に成功したお前は間違いなくヒーローと謳われるだろう。ブルックリンのドミノパークの辺りには銅像が建つかもな」

「そんなことは望んでいない」

正直、今回のミッションにささやかな名誉を覚えているのは事実だが、依頼人の男に気取られたくはない。対象が現大統領であろうと信者から慕われる神父であろうと、人の命を奪うことに変わりはない。人殺しが生業になった頃から、自分にそう言い聞かせてきたのだ。

「自分の顔がコインやドル紙幣になるのは嫌か」

「狙いやすい対象かそうでないか。ミッションの差はそれだけだ」

男は発した言葉を吟味するように、こちらの顔を眺める。

「そうだな。そういう割り切りが気に入っているから、ずっと頼りにしている」

「頼りにしているのなら早く対象の行動予定に関する情報を寄越してくれ」

「ああ」

表情を見れば分かる。男は知己の黒人女性が襲撃された件で計画を前倒しにするつもりだ。今まで以上に、新大統領の身辺を調べてくれるに違いない。

「精緻な情報を待っている」

〈愛国者〉は男の部屋を後にした。

ビルを出た途端、夜風が吹きつけてきたので、マフラーで鼻から下を覆う。今年の冬は例年よりも寒さが堪《こた》える。こんな時にはハリラスープに限る。セントマークスプレイスまで歩けば、結構な腹ごなしになるだろう。

だが〈カフェオーリン〉の前に辿り着いて出端《ではな》を挫《くじ》かれた。本来ならネオン看板が灯《とも》り、店内の賑わいが窓から見えるはずなのに全ての電気が消えているではないか。

店の定休日は毎週日曜日のはずだが今日はまだ金曜日だ。何かの理由で臨時休業なのかと確かめようとしたところ、暗い店内から包みを提げた人影が近づいてきた。

ドアを開けて顔を覗かせたのはアイーシャだった。彼女が提げていたのはゴミ袋だ。

「あら、こんばんは」

「寒いね。ハリラスープが飲みたかったんだけど臨時休業かい」

「折角来てくれて申し訳ないんだけど」

その時、通り過ぎるクルマのライトで彼女の顔が鮮明に浮かび上がる。

アイーシャの左頬は絆創膏《ばんそうこう》で膨れ上がっていた。

「アイーシャ」

声を掛けられると同時に、彼女は頬を左手で隠そうとした。

「ごめんなさい。店は当分休業することになったの」

「言いたくないなら言わなくていいけど、その怪我と何か関係があるのか」

「昼間、例の〈ＫＫＫ〉のダウンを着た覆面姿の男たちが性懲りもなく襲ってきたのよ」

またか、という声は喉の奥に引っ込んだ。店舗はいつもそこにある。どんな被害に遭っても逃げたり隠れたりすることはない。破壊を目的とする野蛮人には格好の獲物だ。

「襲われた後も平気で営業を続けていたのが、あいつらの気に障ったみたい。今度こそ商売ができないくらい暴れてね、窓ガラスをほとんど割られた上に厨房《ちゅうぼう》もメチャクチャ。ご丁寧に、店内に汚物を撒いていった。当時、店にいたスタッフたちも暴行を受けた」

「オマールは」

「調理中の油を浴びて大火傷《おおやけど》。わたしたちは早めに避難したから軽傷で済んだけど、キッチンに残っていたオマールたちは例外なくひどい目に遭わされた」

「市警は」

「犯人たちが全員逃げ去った後で、やっと到着」

アイーシャは力なく笑う。

「まるで店が使い物にならなくなるのを待ってから来たみたい。傍から見ても、とても犯人たちを捕まえる気はなさそうだった」

アイーシャの証言を物語るように、店内からは異臭が漂ってくる。なるほどこれでは飲食するのが無理だ。

「再開するのかい」

　アイーシャは首を横に振る。

「オーナーはすっかり気落ちしたみたい。店の修繕には時間も費用も掛かるし、仮に再開できたとしても、また襲撃されたらお終いだもの。オマールたちも現場復帰できるかどうか分からないし。要するに無期限の休業か、もしくは廃業」

「アイーシャはどうするのさ」

「この店、居心地よかったんだけどなあ。他を探してみる。ハリラスープを出せなくてごめんなさい」

　アイーシャは申し訳なさそうに言うと、持っていたゴミ袋を店先に置き、店内に戻っていった。これが最後の後片付けなのだろう。

　注意してみればネオン看板も破壊されていた。割れた隙間から覗く電球を見ているうちに、むらむらと昏い感情が胸底から立ち上ってくる。

〈カフェオーリン〉はいい店だった。庶民的な値段で美味しい料理を振る舞い、偉ぶらず、住民からも愛され、咎められる短所は何もなかった。

　ただ一つ、オーナーをはじめスタッフのほとんどがカラード（有色人種）だという点を除いては。

　不意に、絆創膏で膨れ上がったアイーシャの顔とホワイトハウス前で暴行を受けた黒人女性の顔がだぶった。

彼女たちがいったい何をした。肌が黒かっただけではないか。

吹きつける冷たい風に煽られ、〈愛国者〉の胸も冷えていく。

だが頭の中は沸騰していた。

幼少期に受けた迫害のあれこれがフラッシュバックする。いじめられ、傷を負っても助けてくれる者は誰もいなかった。

アイーシャのように。

自尊心に唾を吐かれ、尊厳を踏みにじられても為す術がなかった。

〈カフェオーリン〉のように。

最前に言われた言葉が甦る。

『大統領暗殺に成功したお前は間違いなくヒーローと謳われるだろう。ブルックリンのドミノパークの辺りには銅像が建つかもな』

銅像はともかく、アイーシャやオマールの無念を晴らせる英雄にならなってもいい。〈愛国者〉は再びマフラーで顔の下半分を覆い、セントマークスプレイスの闇に溶けていく。

3

岬との合宿は驚きの連続だった。

二日目の朝、エドワードが起きてゲストルームを訪ねると部屋は既にもぬけの殻だった。もしやと思い練習室に駆け込むと、果たして岬はスタインウェイを弾いていた。

「おはようございます」

「ああ、おはよう。だけど、まだ六時だぞ」

「すみません」

岬は驚いたように両手を鍵盤から離す。

「この部屋は完全防音と聞いていたので、てっきり近所迷惑にはならないとばかり思っていました」

「いや、完全防音はその通りなんだけど朝食もまだ食べていないのに、いきなり練習なのかい」

「寝食と入浴時以外はピアノの前から離れないんじゃなかったんですか」

天に唾するとはこういうことかもしれない。

ふと見れば、岬はトレーニングウェアに着替えている。

「いつも練習時はそれを着ているのかい」

「動きやすさを第一に考えられた服ですからね。演奏は全身運動です。色々試してみたのですが、結局これに落ち着きました」

エドワードも肩から先を楽に動かせるよう、上はなるべく薄手の服を着るようにしている。しかしトレーニングウェアという発想はなかった。

それにしてもと思う。大抵の男はトレーニングウェアの類を着せると野暮ったく見えるものだが、岬が着ると不思議に様になっている。理由は明らかで、岬が均整の取れた体型をしているからだ。バランスのいい身体には何を着せても似合う。

「せめて朝食を摂ってからにしないか」

「分かりました」

岬は大した未練も見せずにスタインウェイから離れた。

アメリアの朝食はいつも八時からなので岬と鉢合わせせずに済む。キッチンに赴くと、岬がエプロンを借りたいと言い出した。

昨日の夕食はデリバリーだったが、その後岬はコリアンタウンに出掛け、何やら食材を調達してきた。理由を聞けば自分に朝食を振る舞ってくれると言う。

「君はいつも自分で調理しているのか」

「ツアーが続くと、つい偏食になりがちですからね。それを防ぐ意味でもなるべく自炊しています」

「それはマネージャーの仕事のような気がするけど」

「レナードさんはポップコーンすら作れないのですよ」

エドワードがテーブルで待っていると、岬は慣れた手つきで皿を運んでくる。彼の用意したメニューは次の通りだ。
・少し温めたクロワッサン
・チーズを包んだスクランブルエッグ
・焼き魚
・トマトで煮込んだビーンズ
・マッシュルームの入った野菜サラダ
・デザートにキウイとイチゴ
二人分の皿を並べると、さほど広くもないテーブルはたちまち賑やかになる。

「豪勢な朝食だなあ。最近はいつもトーストとコーヒーだけだからホテルバイキングみたいで嬉しい。寝すぎた時には朝食を抜く時もあるしね」

「それでは大変でしょう」

「何がどう大変なんだ」

「スタミナを養うのにですよ。ここにあるメニューは全部持久力、つまりエネルギー源として不可欠な糖質と脂質、必須アミノ酸、エネルギー代謝を促進させるビタミンB群が入っています」

あまりに淀《よど》みなく喋られたので呆気に取られた。

「栄養管理面でこしらえたメニューだって言うのか」

「米やパンは糖質を多く含んでいて、肝臓や筋肉に蓄えられるグリコーゲンの源になります。こういう主食を減らしたり抜かしたりというのは感心しません。主菜となる肉や魚、卵、豆料理は重要なタンパク源です。長時間の運動をすると筋肉のタンパク質がより分解されやすくなるので、練習や本番前には充分に摂取しておく必要があります。同じタンパク質を含む食材でも、アミノ酸組成やその他に含まれる栄養素が違うので、偏らないように様々な食材を選んだ方がいいんです。乳製品や野菜類からはビタミンやミネラル、食物繊維を摂取できます。特にビタミンB群はブロッコリーやホウレン草にも多く含まれているので、積極的に使いたいですね。キウイとイチゴ、柑橘類《かんきつるい》の果物には豊富なビタミンCが含まれています。こちらは毎朝食べてもいいくらいだと思います」

「ミサキ」

「はい」

「君を嫁さんにしたいくらいだ」

エドワードはジョークの後、真剣な口調に戻る。

「栄養士の資格でも持っているのか」

「独学ですよ。人間、必要となれば専門外の知識でも必死に吸収しようとするものなんですね」

「練習時にはトレーニングウェアとか日々の栄養管理とか、君を見ていると、まるでアスリートの日常みたいだな」

「僕は、ピアニストはアスリートと同じだと思っています」

ジョークではなさそうな口ぶりだった。

「僕たちピアニストはワンステージで九十分、アンコールを含めれば百二十分演奏し続けなければなりません。もちろんエドワードさんも経験あるでしょうけど、百二十分もの間ベストのパフォーマンスを維持するには、どうしてもスタミナが必要です。これはマラソンランナーが四十二・一九五キロメートルを完走するのに日頃からスタミナ管理をすることと何ら変わりありません」

否応なく昨日の初セッションが思い起こされる。エドワードはファーストを、岬はセカンドとオーケストラの伴奏を兼任した。当然、岬の方が演奏部分が多いはずだが、実際にはエドワードの指は岬についていくのがやっとだった。それも一時間や二時間の話ではなく、たったの五分間で彼我の差が出てしまった。

あれは練習量の差ではない。基礎体力の差だったのだ。

三度三度、栄養価を考えながら食事を摂る岬と、気ままにファストフードで間に合わせる自分とではスタミナに差が出るのはむしろ当然ではないか。

A real eye-opener（日本語では目から鱗《うろこ》）、ピアニストとアスリートを対比させるなど想像すらしなかった。

エドワードはスクランブルエッグにフォークを突き刺して言う。

「ミサキ。ウチに嫁に来ないのなら、せめてレシピを書き残しておいてくれ。これからは二度とファストフードに手を出さないことを誓う」

昨日に続いて二度目の誓いだ。この分ではニューヨーク公演初日までに、いったいいくつの誓いを立てる羽目になることやら。

朝食を終えた二人はそのまま練習室に向かう。

〈ラプソディー・イン・ブルー〉の中間部は、本来はクラリネットによる主題の再現で幕を開ける。これにトランペットが絡み、まるで両者が対話しているように聴こえる。この部分を二台ピアノで再現しようというのが二人の試みだった。

エドワードのピアノに岬が絡んでくる。昨日の再現よろしく、一瞬でも気を緩めるとすぐに追いつかれそうな切迫感に襲われる。だが、二回目となればこちらにも対応の仕方がある。曲が十七分強であるのは分かっているので、難所と思える場所にスタミナを配分してやればいいのだ。

ソロで演奏する時より緩急をつけると、岬のセカンドと同調できるようになった。ゆっくりと下向しながら二人でデュエットを奏でると、ピアノを通じて彼との会話が実現する。

ああ、何て楽しいのだろう。

独特のリズムがシンコペーションを刻み、ファーストとセカンドはジャズのスイングにも似た昂揚感を生み出す。鍵盤を弾きながら身体が勝手に踊り出す。見れば岬もリズムに合わせて上半身を揺らしている。

全体を覆う曲調がアップテンポであるため、ゆっくり演奏することで対比が生まれる。これこそが〈ラプソディー・イン・ブルー〉が緩急自在であるといわれる所以《ゆえん》だ。一つの曲調、一つのリズムに囚《とら》われない自由闊達さがアメリカの曲であることを教えてくれる。

そもそもゆったりしたリズムは黒人音楽やユダヤ音楽に顕著な特徴だ。〈ラプソディー・イン・ブルー〉はその点からも、様々な音楽と様々な人種を内包した曲であると知れる。

セカンドと合奏していると、ピアノを通じて岬のピアニズムが伝わってくる。

ピアニストにとってピアニズムは演奏者の人となりと同様だ。激情家、慎重居士《こじ》、楽天家、厭世家、そうした性格が如実に反映される。

岬のピアニズムは変幻自在だ。慎重かと思えば次の瞬間には大胆さを見せ、陰鬱かと思えばすぐ陽気に変わる。情緒纏綿《じょうちょてんめん》と思わせておきながら、すっと突き放す。とにかく喜怒哀楽を含めたありとあらゆる情動の全てを網羅し、ここ以外にないという箇所で発揮してくる。ところが本人の本質は揺るぎなく、どんな感情表現をしても微動だにしない。

エドワードは、岬の本質は殉教者のそれではないかと感じている。彼が信奉しているのは紛れもなく音楽だ。岬は音楽を奏でるためなら自分の全てをミューズに捧《ささ》げる覚悟でいる。そしてミューズもまた彼の求愛に応えて、音楽に関する全ての才能を与えている。

音楽の女神と相思相愛。音楽家なら誰しも憧れるポジションを岬は手にしている。ただし憧れがあっても嫉妬は感じない。岬の側に私欲や傲慢さがないからだ。

セリーナに言わせれば、岬への敵対心のなさがショパンコンクールでの六位入賞止まりという話だが、彼のピアニズムに対峙《たいじ》した者は誰も彼と争おうとは思わないだろう。それほどまでに岬のピアノには共感性と悪魔性が同居している。

しばらくファーストとセカンドの軽快なステップが続く。酒場で奏でれば、居合わせた客全員が身体を揺すること請け合いだ。

エドワードがソロで主題を奏で、岬が伴奏で支える。

このフレーズがずっと続けばいいのに。エドワードは夢想しながら鍵盤に指を走らせる。音の装飾が増え、ここからはまるでミュージカルのような華やかさが展開する。楽しげだったリズムは徐々に上向する。

ファーストとセカンドが主題の掛け合いを始めると、エドワードの興奮は最高潮に向かう。メロディがいったん落ちて消えかかるが、岬の奏でる弱音が辛《かろ》うじて曲を繋ぎ留めている。

遂に音が途切れたかと思えた一瞬後、エドワードが強い打鍵でまたも主題を繰り返す。対する岬は軽やかだが弱めの打鍵で呼応する。強弱の打鍵が交差しながら互いに主題を歌い合う。

しばらくして岬は何とアドリブを入れてきた。伴奏をややアップテンポにし、エドワードに合わせろと迫ってきたのだ。

他のピアノ曲ではあまり許されないアドリブも〈ラプソディー・イン・ブルー〉は例外だ。しかも原曲ではピアノソロが延々と続く箇所であり、オーケストラの演奏を邪魔するものではない。むしろ、こうした即興性こそがジャズを出自とする〈ラプソディー・イン・ブルー〉の真骨頂ではないのか。

演ってやろうじゃないか。

エドワードの負けん気に火がついた。運指を加速させて岬のアドリブに対抗する。

岬の速いテンポに必死に食らいつく。何小節か合わせていると、エドワードは多幸感に包まれる。

ピアノを通じた会話、ピアノでしか伝えられない言語がそこにあった。今なら岬の愉悦も歓喜も興奮も手に取るように分かる。

二人の肩が揺れる。

足がリズムを刻む。

これこそが競演の真髄だと思った。

ただし多幸感も長くは続かない。何小節かは拮抗できるものの、惜しむらくは岬とエドワードにはスタミナの点で格差がある。このペースで続ければ、コーダ（終結部）を迎える頃には十全な運指ができなくなる惧れがある。

やがてメロディは緩慢になり、陽気な中にも気怠さを漂わせる。

エドワードの頭に自身の映像が浮かび上がる。賑やかなニューヨークの街中を闊歩する。決して急がず、自分の速さで気ままに歩く。陽気さはニューヨーカーの特質、気怠さは黒人の倦《う》み。〈ラプソディー・イン・ブルー〉に限らず、ジャズやブルースといった個人音楽の根底には陰鬱さが通奏低音のように横たわっている。

しばらく緩やかなテンポが続くかと思えた次の瞬間、急峻《きゅうしゅん》に駆け上がってきた。

視界の隅で捉えたが、岬の指は鍵盤を砕くように動く。ファーストも負けてはいられない。

エドワードはここを先途と両手の筋肉と関節を駆使する。コーダまであと九分足らずだから、何とか持ち堪えられるだろう。

飛び跳ねるリズム。

交差し絡み合う旋律。

エドワードと岬は息を合わせ、時に反発しながら狂乱のダンスを踊る。

自分の飛び散る汗が見えた。まだ開始から八分と経っていないはずなのに、既に倍近くも演奏しているような錯覚に陥る。だが指の疲弊とは裏腹に、精神はこの上なく気力に満ちている。アドレナリンが多量に分泌されているような感覚さえある。

次第に目まぐるしいテンポとなり、エドワードは一心不乱に駆け抜ける。ここで遅れたら二度と追いつけない。後ろから急かされるようにして鍵盤を弾き続ける。

間断なくメロディが流れ、ようやく曲調が落ち着きを見せる。ここから後半部に入ろうという時、ドアをノックする者がいた。

防音ドアでも中の音は、ほんのわずかに洩れている。練習中であると知った上でノックするのはアメリアかセリーナくらいのものだ。

エドワードは片手を上げて演奏中止を知らせる。岬は何事もなかったかのように、涼しい顔で鍵盤から両手を離した。

いささか腹立ち交じりにドアを開けると、果たしてセリーナが立っていた。

「邪魔したかしら」

「ああ、ここから佳境に入るところだった」

「どうしても知らせたいことがあってね」

セリーナはスタインウェイの前に座る岬を見つけると、エドワードを尻目につかつかと駆け寄る。

「Hey! ミサキ。元気そうね」

「セリーナさんも」

「クラシック界の貴公子が隙だらけの格好じゃないの。写真を撮ってVOGUEあたりに売りつけてやろうかしら」

「ジョークでもやめてください」

「ジョークだと思うのなら、あなたは自分自身の市場価値を知らない」

「セリーナ、知らせたいことって何だ」

エドワードが苛立ち気味に言うと、セリーナはやっとこちらに向き直った。

「二人揃っていて、ちょうどよかった。知らせたいことの一つ、支配人との話が纏まってカーネギーホールでの初日はNew Year's Eve（十二月三十一日）に決定した」

New Year's Eve、一年の締めくくりとなる日だ。新年を迎える直前に〈ラプソディー・イン・ブルー〉を演奏するというのは、それはそれで意味がある。

「知らせたいことの一つと言ったな。まだ他にあるのかい」

「実はそっちの方が重要」

セリーナは悪戯《いたずら》っぽくウインクしてみせた。

「これはまだオフレコなんだけど、当日、新大統領が夫人同伴で出席するわ」

一瞬、自分の耳を疑った。

「大統領って、アメリカ合衆国のか」

「他に誰がいるのよ」

「でも新大統領がよく聴くのはロックで、クラシックにはまるで興味がないって聞いたぞ」

「大統領になくても、夫人が興味を持っているのよ」

著名人のゴシップに疎いエドワードだが、新大統領とファーストレディの大まかなプロフィールくらいは聞き知っている。ファーストレディは芸術全般、建築、デザイン、ファッション、美容などに興味を持っているとのことだ。

「彼女はクラシックにも造詣が深いらしくて、どうしてもエドワードとミサキの二台ピアノをライブで観たいんだって。それでカーネギーホールの支配人に直接申し込んだのよ」

いかにカーネギーホールの支配人が厳格な性格であったとしても、ファーストレディたっての要望とあれば断る訳にもいかないだろう。

「夫人は無理やり新大統領を誘った。クラシックに興味がなくても、ファーストレディから懇願されたら無下にすることもできない。それで大統領夫妻が出席することになったみたい。二人ともおめでとう。アメリカ新大統領最初の観覧があなたたちのコンサートになった」

「何がめでたいもんか」

驚きが冷めると、猛然と抗議したくなった。

「コンサートの企画意図は、この国を覆っている殺伐とした空気を吹き飛ばそうってことだった。殺伐とした空気を醸成している本人を呼んでどうするんだよ」

「だからいいんじゃない。ヘイトを信条とする大統領を招いて、黒人音楽をルーツとする曲を演奏する。それだけで大した成果になるわ」

「それだけ、かい」

「人種隔離政策を打ち出して大統領に当選したような人間が、たった一曲のラプソディーで心を入れ替えるなんて、それこそファンタジーでしょ。それよりも、あの大統領すら聴く気にさせたという触れ込みが大切なの。大統領夫妻の出席は、これ以上ないほどの宣伝効果がある。まるで降ってわいたようなラッキー」

アメリカ合衆国大統領も、セリーナにかかればただの人寄せパンダということか。エドワードは思わず苦笑しそうになる。

「カーネギーホールの取り計らいで、当日大統領夫妻はピアニストの表情や指の動きが見える席で鑑賞するそうよ。二人ともそのつもりでいて」

夫人はともかく、あの男の面前で演奏するのか。

口には出さないものの、エドワードは引っ掛かりを覚える。聴衆は演奏者を選ぶことができるが、演奏者は聴衆を選べない。客席にレイシストがいるからといって演奏内容に違いが生じるはずもないが、わだかまりは残る。

「納得いかないみたいね、エド」

「ヒトラーの前で『God Save The Queen』を歌うような気分だな」

「だからこそトピックになるのよ、一種の英雄的行為として。でも大事なのはそこじゃない。あくまでも宣伝効果」

マネージャーとしては見上げたものだ。それでは、もう一人のピアニストはどう反応するのか。

エドワードが振り返ると、岬はセリーナの話に無関心の様子でスコアを眺めていた。

4

午後三時、セントマークス教会の前を通り過ぎようとした時、〈愛国者〉の視界に入ってきたのは路上に散らばる数多《あまた》の残骸だった。引き裂かれたダウンジャケット、プラカードの残骸、空のビール瓶、石ころ、そして血痕。誰かの説明を待つまでもなく、ここで何が起きたかは一目瞭然だった。

ネットニュースが報じたので事件の概要は知っている。数時間前、教会前で抗議集会を開いていたBLM運動の一団が覆面の集団に襲撃されたのだ。

プラカード以外に武器らしい武器を持っていなかった彼らに対し、覆面の集団は最初から殺傷能力のある得物を用意していた。金属バットに棍棒《こんぼう》、催涙スプレー、中には改造したスタンガンや拳銃を持つ者もいたと言う。

覆面の集団は丸腰の連中に対して容赦なかった。殴る蹴るは当たり前として、折角持参した得物を使わないのは損とばかり、無抵抗な彼らに暴行の限りを尽くした。

通報により市警が駆けつけたが時既に遅しで覆面の集団は立ち去り、現場には重軽傷を負った彼らが路上に蹲《うずくま》っているだけだった。

白昼堂々の犯行であり、普段であれば世間やマスコミが騒然とする事件のはずだが、現時点では大きく扱っているメディアはさほど多くない。理由は明らかで、ここ数カ月の間に類似の事件が多発しているせいだ。

どんな刺激的であっても、連続すれば耐性ができてしまう。一連の事件がもたらしたものは暴力事件に対する不感症だった。

不意に男の台詞が甦る。

『これから散発的な黒人への排斥運動が続く。黒人ばかりじゃなくヒスパニック系を含めたマイノリティが対象になることもあり得るだろう。そうなればこっちだってただ殴られるのを待つ訳にはいかない。当然、過剰防衛もするし反撃もする。全米が内乱状態になっても、俺は少しも驚かないね』

嫌な予感、最悪の予想ほど的中する。この国に不安材料が溢れている証拠だ。

アスファルトの上の血痕は乾ききっており、光沢もない。現場保存のために後片付けをしていないのだろうが、惨状をそのまま放置しているのは一種の見せしめと思えないこともない。血を流した者の中には自分のような境遇の人間もいたかもしれないと、〈愛国者〉はじっと血痕を眺める。

大統領暗殺の計画が立ってからというもの、日に日に冷徹さが減衰していく。同じく差別された者への共感が暗殺という犯罪行為に別の意味を持たせようとしている。

大統領の暗殺を英雄的な行為と見做されるのは一向に構わない。ドミノパークに自分の銅像を建てたいというのなら好きにするがいい。他人が何をどう思おうと勝手だ。

だが、実際に手を下す側の自分に夾雑物があってはならない。使命感や悲壮感は計画遂行の邪魔になる。

感情を抱くな。

現場の残骸から顔を背け、〈愛国者〉は教会の前を横切る。黙禱《もくとう》さえしなかったのは、どこで誰の目が光っているか分からないからだ。

心を動かすな。

冷たいままでいろ。

だが路上の血痕を目の当たりにした瞬間、感情が滾ったのは否定できない。どれだけ自制しても、時折感情が顔を覗かせる。

原因はおおよそ見当がついている。暗殺という非道を行いながら、一方で音楽を愛しているからだ。音楽は情動を喚起し発露させる。プロとして活動しようが、アマチュアとしての手遊びだろうが違いはない。

音楽家の情動を暗殺者としての自分が制御する。よく考えずとも無理があるのが分かる。それでも今までは何とか御しきれていたのだ。

だが果たして自分は計画実行の際、冷静沈着でいられるのだろうか。

スタンドに立ち寄り、「ワシントン・ポスト」を買う。ポスト紙はエドワード・オルソンとヨウスケ・ミサキ競演の記事を掲載していた。もしかしたら続報が載っているかもしれない。

エドワード・オルソンとヨウスケ・ミサキ。ともにショパンコンクールのファイナリストであり、今やクラシック界のホープたちだ。音楽に興味のない者でもショパンコンクールの名前くらいは知っている。音楽を生業にしようとする者なら尚更だ。

エドワードのコンサートには何度か行ったことがある。格式に囚われない自由奔放なピアノは自分の嗜好《しこう》に合致し、ニューヨーク州で開かれるコンサートには通う程度のファンになった。同じアメリカ人というのも誇らしい。おそらくエドワードはアメリカクラシック界の次代を担う音楽家になっていくのだろう。

片やヨウスケ・ミサキはファンタジーの世界の住人だった。

ショパンコンクールで入賞を果たせなかったにも拘わらず、〈五分間の奇跡〉で一躍時の人となった。音楽の力で人命を救う。そんなお伽話を現実のものにしたのだから、ファンタジーのヒーロー扱いにしてしまうのも無理もなかった。

だが彼のピアノは絶望するほど現実だった。コンサートに行ったことはないが、動画サイトでのパフォーマンスを見れば、その卓越したピアニズムは誰の耳にも明らかだ。どこの国のどんな作曲家の楽曲であろうと自家薬籠中《じかやくろうちゅう》の物にしてしまい、聴衆に咳《しわぶき》一つ許さない。ピアノの音だけでオーケストラを圧倒する。

生きているうちに生演奏を聴きたいと熱望していた。それが、ここニューヨークはカーネギーホールで実現する。しかもエドワードとの競演ときている。これは万難を排してでも出席しなければならない。

紙面を繰っていくと、果たしてコンサートの続報があった。公演の初日はNew Year's Eve、チケットの販売は来週から。

日程が公表されると、俄然《がぜん》希望が現実味を帯びてきた。二人の競演を鑑賞できたら、演奏者たる自分にとって何物にも代えがたい財産になるのは間違いない。チケットは是が非でも手に入れたい。

今のところ十二月三十一日はスケジュールが空いている。このまま何も予定がないことを祈ろう。

その時、スマートフォンが着信を告げた。

依頼人の男からだった。

部屋に入ると、男は満面の笑みで迎え入れてくれた。

「ご機嫌そうだ」

「ご機嫌にもなるさ。やっと有益な情報を手に入れたんだからな」

「新大統領を有効射程範囲から狙える場所に誘い出せるのか」

「標的との距離を縮める作業はこれからだが、千載一遇のチャンスであるのは間違いない。無論、警戒は厳重だろうが、それでもホワイトハウスやペントハウスの執務室よりは緩やかになるはずだ。他の観客がいる手前な」

「他の観客だって」

「見ろ」

男がテーブルの上に投げ出したのはタイムズ紙だった。開かれたページには先刻目にしたばかりの、エドワード・オルソンとヨウスケ・ミサキ競演コンサートの記事が載っていた。

「このコンサートの記事ならポストで読んだ。これがどうかしたのか」

「新大統領夫妻が出席する」

驚きのため、一瞬言葉が出なかった。

「彼はロックが趣味じゃなかったのか」

「夫人の方だ」

男は嬉しくて堪らないというように口元を緩めてみせる。

「芸術全般に造詣の深い夫人はクラシック鑑賞も趣味なんだそうだ。ショパンコンクールのファイナリスト二人によるコンサートが発表されるなり、カーネギーホールの支配人に直接チケット予約の電話を入れたらしい」

「それならファーストレディだけが出席するんじゃないのか」

「ファーストレディだけが出席しても格好がつかんから旦那を口説いたらしい。ロック好きの新大統領も渋々同伴を承諾したって話だ」

「大統領夫妻の出席なんて新聞では一切報じていなかった」

「そりゃそうだろう。あれだけ敵の多い大統領だ。今から公表したんじゃどれだけ警戒して警備の人間を増やしても足りやしない。リスクを最小限に抑えるために、正式発表はコンサート初日のぎりぎりまでトップシークレットにして、当日サプライズという手筈《てはず》なんだろう」

「そのトップシークレットを、どうしてあんたが知っている」

「新大統領を嫌っている連中は至るところにいる。政界にも、そして音楽の世界にもな」

コンサートの開催に関与する楽団やホールの関係者だけでも相当数に上る。その中に暗殺計画に関わっている人間が一人くらいいたとしても不思議ではない。

「事情は呑《の》み込めた。標的との距離を縮める作業というのは、有効射程範囲内のチケットを確保するという意味なんだな」

「そいつはちょっと違う。おそらく大統領夫妻の周囲は警備陣でいっぱいになる。後方や横、上方向からの狙撃も想定内だろう」

「周囲三百六十度は狙撃が無理ということか。だったらこちらも手の打ちようがない」

「一カ所だけ絶好の狙撃ポイントがある。大統領の正面。大統領の顔はステージに向けられているから、その延長線上には何の障害物もない」

「ステージの上から狙撃するっていうのか。そんなこと、できる訳が」

「方法はあるさ。お前がオーケストラの中に潜入すればいい」

「簡単に言うな。演奏者の一人に変装させるつもりなんだろうが、ハリウッドの特殊メーキャップアーティストでもない限り本人そっくりになんてできるものか」

「変装するなんて誰が言った」

男は何を今更という顔をする。

「本人としてステージに上がればいい。お前、演奏できるんだろ」

「カーネギーホールをいったい何だと思っている」

つい怒りが口をついて出た。

「あの舞台を踏めるのは一流のアーティストの、そのまた一握りなんだ。しかもエドワード・オルソンとヨウスケ・ミサキが競演するステージだ。オーケストラには相応のメンバーが集められる」

「お前だって何度かステージに立っている」

「欠員ができた時に臨時雇いされる程度だ。ニューヨーク・フィルの正式団員と一緒にしちゃいけない」

「知らないのか、それとも忘れているのか。この企画が発表された際、エドワード・オルソンがインタビューにこう答えているぞ。ニューヨーク・フィルと協議の上、一部パートについてはオーディションを行うことにした。現在、ニューヨーク・フィルに黒人団員は一人だけだが、これを意図して複数の人種、複数の民族から募ろうとする試みだ、とな」

「オーディションを受けさせようってことか」

「ど素人ならともかく、それなりに腕に覚えがあるんだろう。まずは受けてみろ」

「他人事だと思って」

「同じことを二度も言わせるな」

男は意味ありげに笑う。

「新大統領を嫌っている連中は至るところにいる」

『既にオーディションの申し込みは済ませてある』

四日後、〈愛国者〉は男の指示に従うままオーディション会場であるカーネギーホールに赴いた。Auditioneeはステージの中央に立ち、居並ぶAudition Judge数名の前で演奏するかたちをとる。エドワードが宣言した通りブラインドオーディションは行わない模様だ。彼らは自分を見て、いったいどう思うだろうか。

順番を待つ間、複雑な思いに駆られる。エドワードも岬も憧れのアーティストであるものの、こんなかたちで対面するとは想像すらしなかった。しかも正式なオーディションである一方、こちらには大統領暗殺という隠れた目的がある。つまり二人に真実であって真実ではない姿を見せるという、ひどくややこしい展開なのだ。

依頼人の男の意味深な台詞も気になる。いったいオーディションの、どの段階にまで組織の影響力が介入しているのか。

本来であれば自分の実力でニューヨーク・フィルの一員に加わるのは困難だ。長い歴史の中で必ずしも常に最高の演奏水準を保ってきた訳ではないが、同フィルは伝統的に管楽器に名手を多く擁している。特に二〇〇〇年当時、首席トランペット奏者のフィリップ・スミスと首席トロンボーン奏者ジョゼフ・アレッシのコンビは世界でも一、二を争う名手の組み合わせと謳われた。現在フィリップ・スミスは脱退しているものの、名声は依然として揺るがない。

演奏者としての劣等感を暗殺者としての冷静さで誤魔化していると、遂に自分の番号が呼ばれた。平静を装い、Audition Judgeたちの前に出る。

憧れのエドワードと岬はほんの数メートル先に座っていた。二人の前で演奏を披露することに感激する一方、緊張感も跳ね上がる。必死に動揺を抑え、課題を演奏する。〈ラプソディー・イン・ブルー〉の中のたった数フレーズなのだが独特のテクニックを要求される箇所であり、アマチュア演奏家の技量では一筋縄でいかない。何とかノーミスで演奏を終えたものの、自信はまるでなかった。

ふとエドワードと岬を見る。エドワードは厳しい表情をしていたが、岬は柔らかな微笑を浮かべていた。

「どうもありがとうございました」

Auditioneeに丁寧な礼をしたのは岬だけだった。その礼儀正しさに少し救われた気がした。

「結果は二日後、モバイルに連絡します」

係の者に告げられて会場を出た時には、すっかり気落ちしていた。オーディションには落ちる。今回のミッションは別の手段を模索するしかなさそうだった。

だが、翌日の新聞で奇妙な出来事が報道される。オーディションの前日、ニューヨーク在住の男性二人が暴漢に襲われるという事件が起きていたのだ。

一人はスタテンアイランドに住む黒人男性で帰宅途中何者かに襲われ、右手の人差し指を折られたという。

もう一人はクイーンズ在住のやはり黒人男性で、こちらは公園を散歩中に背後から組み敷かれ、同様に右手の中指と薬指を深く傷つけられた。欠損こそしなかったものの、元通りに指が動くには一カ月を要するという。

尚、この二人はともに楽器演奏者という共通点があった。

すぐに〈愛国者〉の勘が働いた。暗殺の仕事に手を染めて以来、犯罪の臭いには鼻が利くようになっている。

連絡すると、依頼人の男はさして隠す素振りも見せなかった。

『その事件なら知っている。確かに俺の知り合いが仕組んだ。それにしてもいい勘だな。どうして気づいた』

「被害者の二人がともにミュージシャンだからだよ。ひょっとしたら、彼らは例のオーディションに参加する予定なんじゃなかったのか」

『ご名答。指の怪我で見当をつけたな』

「指を怪我したら大抵の楽器は演奏できなくなる」

『あの二人は交響楽団には所属していないが、評判の高い演奏者だ。お前と同様、欠員ができた時、臨時に雇われる常連だ。オーディションに参加していたら、間違いなくお前の邪魔になる存在だった』

「邪魔になる前に排除したってことか」

『お前の演奏の腕を信じていない訳じゃないが、確率は高くしておいた方がいい。指も切断まではしなかったから、しばらくすれば元通り演奏できる。どうだ、良心的だろう』

ミュージシャンの指を傷つけておきながら良心的もないだろうと思うが、自分が暗殺に手を染めていることを顧みれば大きな口は叩けない。

「Auditionee の数を減らせば合格するなんて単純な話じゃない」

『ああ、単純な話じゃない。だから確率を高くすると言った』

「他にも何か仕組んだのか」

『考えられる限りの手を尽くす。当たり前じゃないか。目的の大きさを考えろ。どれだけ慎重にしてもし過ぎることはないんだ』

「『新大統領を嫌っている連中は至るところにいる』、か」

『そうだ。大きな目的を達成するためには大勢の力が必要になる。お膳立ては俺たちがしてやる。お前は狙撃だけに神経を集中させろ。おっと、演奏もミスのないようにな。コンサートを何事もなく進行させないと計画が駄目になる』

暗殺の目的を果たすために音楽を利用する。対象に近づくために同業者の指を台無しにする。

両方とも、演奏家として許される行為ではない。

自分は犯罪行為の代償に、わずかに残っていた崇高な精神を悪魔に売り渡したのだ。音楽で身を立てるために仕方なく始めた裏の仕事だったが、いつの間にか目的と手段が逆転してしまったらしい。

『何を黙っている。不服でもあるか』

「特に不服はない」

『じゃあ練習に励むんだな』

「まだ合格と決まった訳じゃない」

『だが確率は高くなっている。準備は怠るなよ。第一、演奏の練習なら少しも苦にはなるまい』

言い返せないまま、電話は一方的に切れた。

厭世と自己嫌悪と、加えて諦念が心を重くする。

もう二度と清新な気持ちで音楽に向き合うことはできない。音楽の女神ミューズは決して自分を許さないだろう。

それに引き替え、エドワードや岬は女神からも世間からも祝福されている。

不意に二人に対して嫉妬と憎悪が芽生えた。

翌日、モバイルにオーディションの合格通知が送られてきた。

Ⅳ

allegro ad libitum

アレグロ　アド　リビトゥム

〜快活に、自由に〜

1

岬とエドワードによる〈New Year's Eveコンサート〉の第一報から数週間が経過した。

正式発表は『バラエティ』誌のリークに押されての対応だったが、内容は上出来だと思っていた。多様性というテーマを掲げた自分と、メンバーをマイノリティや有色人種の中から採用するという提案はマスコミにも市民にも好意をもって迎えられたはずだ。

ところがこの数週間のうちにエドワードたちを取り巻く環境が急変した。しかも悪い方向にだ。

多様性を容認し歓迎する者たちは相変わらず好意的でいてくれたが、そのムーヴメントを良しとしない者たちが台頭してきたのだ。元々彼らはＢＬＭ運動の高まりを苦々しく思っていた者たちだが、多様性を象徴するコンサートはプロパガンダの一種だと非難の矢を向け始めた。オーケストラの構成にマイノリティや有色人種を採用することは、芸術性を無視した政治的ショーであるとも抗議する。

彼らの抗議を聞きつけたエドワードは困惑する一方だった。

何がプロパガンダか。

何が政治的ショーか。

こっちはそんなナチスめいたことなど一ミリも考えていない。このフレーズをどう奏でるか、このリズムはどう刻むのか。〈ラプソディー・イン・ブルー〉を最も相応しい場所、最も相応しいかたちで演奏しようと考えた結果でしかない。

だがエドワードが困惑しているうちに、白人至上主義の一派はとうとう声高に叫び始めた。

『我々アメリカ人は〈New Year's Eveコンサート〉を阻止しなければならない』

かの団体のサイトを閲覧すれば、団体設立主旨の他、直近では〈New Year's Eveコンサート〉及びその主催者への批判が繰り返されている。

『今、白人の出生率はどんどん低下しています。逆に左派のエリートたちが移民政策を進めたがために、移民たちの出生率が上がってきています。これは世界的に多数である白人に非白人が取って代わろうとする、ヒスパニックによる米国侵略なのです』

『メキシコ国境からの移民流入は、侵略そのものと言っていいでしょう』

『十二月三十一日に開催が予定されている〈New Year's Eveコンサート〉は、そうした侵略の実態を緩やかに正当化するための催しなのです』

『音楽に罪がないのは当然です。わたしたちはレイ・チャールズやスティービー・ワンダーが大好きです。しかし彼らは黒人である前にミュージシャンなのです』

ＳＮＳで怪気炎を上げるだけならまだしも、彼らの一部は街頭に出て抗議集会を開いている。直近の投稿ではその様子を嬉々《きき》として紹介している。

『病んでいるアメリカ。衰退しつつあるアメリカ。病原菌が巣食うアメリカ。だが、まだ遅くはない。どんなに弱った肉体でも体内から毒素を取り除けば快復に向かっていく。今、わたしたちに必要なのは不純物の排除だ。栄光を取り戻せ。誇りを取り戻せ』

勘弁してくれ、と思った。

別にカーネギーホールで党大会を開こうという訳じゃない。アメリカ人が作曲したご機嫌な曲を、最高のステージで最高のセカンドと弾きたいだけなのだ。

「そろそろゲネプロが始まろうとしているのに雲行きが怪しくなってきたな」

厭世気分に侵されていたエドワードは練習の手を止めて愚痴をこぼす。通常、ゲネプロは本番当日に行うのが普通だが、今回は新たに採用した奏者がいるため、前日に設定していた。

「まさか、こんなに〈ラプソディー・イン・ブルー〉の演奏を嫌う人たちがいるなんて予想していなかった。アメリカ人が作曲した、アメリカのための曲だっていうのに」

すると、エドワードに合わせて休んでいた岬は少し困ったように笑った。

「それは思い過ごしですよ。この国の人に限らず〈ラプソディー・イン・ブルー〉を嫌っている人なんてそうそういません。あの有名なフレーズは、世界中、どこに行っても耳にします」

「現に演奏を妨害しようとするヤツらがＳＮＳ上に大挙して押し寄せている」

「僕の国に『坊主憎けりゃ袈裟《けさ》まで憎い』という諺《ことわざ》があります」

「どういう意味だい」

「喩《たと》えて言うなら、新大統領が嫌いなあまり、彼の好物のハンバーガーまで憎くなるという話です」

「彼のせいでハンバーガーを食べなくなるっていうのか。馬鹿な話だな。ハンバーガーには何の罪もないし、そんなくだらない理由で一生食べなくなるなら、そいつだって不幸になるじゃないか」

「そういう理屈でハンバーガーを口にしようとしない人は少なくないんです。でも決して彼らはハンバーガーの味が嫌いな訳ではありません」

岬の言う喩えは簡潔で問題を単純化してくれる。

「何だ。それなら僕らは上等のハンバーガーを作って客の鼻先に差し出せばいいだけの話か」

「他人を不幸にしてしまう人間はいても、人を不幸にする音楽は存在しませんからね」

ああ、そうだ。

この国の混乱は思想信条に疎い者までも色分けしようとしている。アメリカ・ファーストなのか、それとも隣の余所者《よそもの》とシェイク・ハンドするのか。

我ながら浅慮だと思った。何を一番にするとかを考え始めたら多くを捨て去ることになるのは当たり前ではないか。

逆だ。

我々はどれだけものを好きになれるかを考えればいい。そうすれば多くのものを手に入れられる。

音楽も同じだ。思想信条や信教に拘わらず、まず聴いてみればいい。自分の感性に合致さえすれば、カントリーだろうが黒人霊歌であろうが関係ない。気に入ったフレーズを口ずさめば、それは魂の一部になる。

「そうだよな」

我ながら現金なものだと思うが、エドワードはあっさりと機嫌を取り戻す。

「ヒトラーが〈ローエングリン〉のファンだったからと言って、ワーグナーを聴かないなんて馬鹿げている。そもそも音楽に政治信条を絡めること自体がナンセンスだ」

「エドワードさんの問題は解決しましたか」

「ああ、ノープロブレムだ」

目の前に漂っていた靄《もや》が一気に晴れていく。ここ数週間はこんなことの繰り返しだ。エドワードが惑っている時は解決策を講じてくれ、憤っている時は他に情熱を向けるように誘導してくれる。岬が瞬く間に解消してくれるので、時間を無駄にせず練習に集中できる。

本人の話によれば、岬は一時期ピアノ教師や音大の講師を務めていたと言うが、なるほどと思わせる。彼に指導される生徒は幸せ者だと、少し羨ましくなったくらいだ。


午後になると、エドワードと岬はカーネギーホールに向かった。オーケストラとの音合わせとともに、今回新たに加入したAuditioneeの仕上がりを是非とも確認したかったからだ。

地下鉄の59th Street-Columbus Circle駅で降りると、カーネギーホールはもう目と鼻の先にある。ところがホール前の騒ぎを見てエドワードの足が止まった。

「エドワードとミサキのコンサートを阻止せよ」

「多様性は他でやれ」

「白人至上主義に栄光あれ」

ひと目でそれと分かる人々がプラカードやビラを片手にシュプレヒコールを上げている。長らくカーネギーホールの賑わいを見てきたエドワードが初めて目にする光景だった。

「あの中を握手しながら通っていく自信はとてもないな」

冗談めかして言ったのは殺伐とした空気を少しでも和ませたかったからだが、上手くいかなかった。岬は肩を竦めて同意する。

大回りして関係者専用の通用口から入館する。ステージではオーケストラの面々が私服のままチューニングに余念がなかった。二台ピアノで練習を続けていたエドワードにとって、彼らの姿を見ること自体が新鮮だった。

今回の〈ラプソディー・イン・ブルー〉の楽器構成は次の通りだ。

・木管楽器　フルート、オーボエ、クラリネット2、ファゴット、アルトサクソフォーン2、テナーサクソフォーン

・金管楽器　ホルン2、トランペット2、トロンボーン

・弦楽器　弦五部、バンジョー

・ピアノ2

・打楽器　ティンパニ、小太鼓

このうち、オーディションで新たに採用されたのがクラリネットとトランペットの三人だ。あれだけ派手なプロモーションをしておきながら三人しか採用できなかったのは、やはりニューヨーク・フィルの求める水準が厳しかったことの証左だった。

一人目のクラリネットはレニ・マルティネス。キューバ系の白人女性で、参加初日は緊張からか音を外す場面もあったが、今ではオーケストラとも呼吸が合っている。もう一人のクラリネット奏者がタイロン・サンダース。アフリカ系の黒人男性で、こちらも最初は浮いた存在で

どうなることかと危ぶまれたが、今は別人かと思えるほど皆に溶け込んでいる。

「Hi! エドワード」

こちらを見かけたレニが声を掛けてきた。採用当初はエドワードを雲上人のように崇《あが》めていた彼女も、今ではジョークの一つも飛ばしてくる間柄になっている。ただし岬に対してはまだ見えない壁があるようで、近づく時も遠慮がちだ。レニに言わせれば「同じ演奏者とは思えない」らしい。これはエドワードにも理解できる気持ちだった。

「アンサンブルの調子はどう？　エドワード」

「初めて僕らを見る聴衆は、二人を二卵性双生児だとしか思えなくなるさ。それくらい息はぴったりだ」

タイロンはチューニングに夢中で、二人が到着したことすら気づいていない様子だった。その証拠にエドワードから声を掛けられると、驚いたような顔を向けてきた。

「調子はどうだい、タイロン」

「大丈夫、だと思います」

タイロンは慌てて笑い返す。彼が皆に受け容れられた最大の理由は練習熱心な点だ。オーディションを受ける度に落とされ、地元の小さな交響楽団が不定期に呼んでくれる以外に演奏で収入を得ることは叶わなかったと言う。そうした境遇も手伝ってか、オーディションに合格したタイロンは仲間と話す間も惜しんで練習している。ひたむきに努力する者は自ずと敬意を払われる。周囲から受け容れられるのは当然の流れだった。

「クラリネットは〈ラプソディー・イン・ブルー〉の中でも取り分け重要なパートだからな。期待しているよ」

過剰なまでの圧力のかけ方はエドワードの悪い癖だが、タイロンは無言で頷いてみせた。

「あなたとミサキの名前を汚すようなプレイは絶対にしない」

するとエドワードの後ろにいた岬がすかさず割って入る。

「僕らのことは一切気にしないでください」

岬はエドワードの掛けた圧力を和らげるように言う。

「演奏は聴衆だけにではなく、自分にも向けてするものです。プレッシャーも大事ですが、その前にタイロンさん自身が愉しめなければ演奏する意味が半分がた失われてしまいます」

タイロンは意外そうに岬を見た。

「音楽に縛られてはいけませんし、音楽もタイロンさんを縛ることを望んでいません。音楽はもっと自由なものじゃありませんか」

まるで魔法の呪文だった。それまで険しかったタイロンの表情が見る間に解《ほぐ》れていく。

「全く。君はピアニストを引退したらカウンセラーにでもなるつもりなのか」

岬の言葉の説得力に慣れてしまったエドワードだが、やはり大したものだと思う。彼が現役を退き指導者に徹すれば、きっと多くの演奏家を鼓舞することができるに相違ない。

トランペット奏者として採用されたウィリー・バックマンはひどく寡黙な男で、エドワードも岬もまだ碌に言葉を交わしたことがない。ただし次代の首席トランペット奏者と目されるカルロス・ホーナーが彼のサポートをしてくれているので、さほど心配はしていない。そのカルロスは少し離れた場所でウィリーの様子を観察していた。

「よう、エド」

「やあ、カルロス。ウィリーの調子はどうだい」

「悪くない。順調に仕上がっている」

カルロスは断言口調で言う。カルロスもまた寡黙な男だが、演奏に関して一切妥協をしない男なので信用できる。

ニューヨーク・フィルとの初セッションはショパンコンクールの直後だったが、最初にエドワードを招聘するよう音楽監督に提案してくれたのがカルロスだった。会うとたちまち意気投合し、以後は公私に亘って親交を深めている。

「他の曲を演奏させろと言われたら二の足を踏むが、〈ラプソディー・イン・ブルー〉に関してはほぼ合格点をつけられるまでに上達している。本番には間に合うよ」

「そいつはありがたい」

「どこの楽団にも所属していない演奏家をオーケストラに加えるとは、何と無謀な試みかと最初は思った。正直、君とセリーナの提案には頭を抱えた」

抗議しているようだが、その顔はウィリーに向けられているのでおそらく本気ではない。

「しかし、名もなきアマチュアにチャンスを与えるというのは悪くないし、ただ一曲に特化するというのであればハーモニーの問題も最小になる。新しい試みとしては評価できる」

「ありがとう。あなたにそう言ってもらえれば、これほど心強いものはないよ」

「慌てるな、エド。俺は何も保証した訳じゃない。この試みが成功するかしないかは、全て君とミサキのアンサンブルにかかっている」

「それは承知している。任せてくれ」

エドワードは胸を叩いてみせたが、それはカルロスよりは自分自身に言い聞かせる台詞だった。

ウィリーは相変わらず練習に没頭しており、岬はその様子をじっと観察していた。

ステージでのアンサンブルを終えると、ちょうど昼食の時間となった。ホールの外では未だコンサート反対派の連中が場所を占領しているので、外食する気にはならない。セリーナが気を利かせてケータリングを手配してくれた。

「一緒に食事を摂れば、更に一体感が増すでしょ」

セリーナはそう言いながら非ビーガン向けのランチボックスに手を伸ばす。そんな単純なものではないだろうと思うが、折角なのでエドワードも相伴にあずかることにした。

だが、こんな時でもタイロンとウィリーはひと口ふた口摘《つ》まむと、また練習に戻っていく。求道者じみた熱の入れように、エドワードは舌を巻いた。

レニを含め三人とも採用当初の不安を払拭するほどの成長を見せている。上手くすればニューヨーク・フィルの正式団員か、もしくはどこかの楽団の目に留まる。人生の転機になると考えれば、一心不乱になるのも当然かもしれなかった。

「表のデモを目の当たりにすると不安になるけど、練習に励んでいる三人を見ていると彼らを選んだのが正しい選択だったと自信が持てる」

エドワードが本音を吐き出すと、岬はカナッペを頬張りながら答えた。

「出自がどうであれ、才能のある人が等しくチャンスを与えられるのは、この国の美点ですね」

「才能のあるヤツが表舞台に出られるのは当たり前じゃないのか」

「当たり前じゃない世界の方が多いのですよ。生まれた場所がその人の一生を決めてしまうことも往々にしてあります。どんなに素晴らしい才能を持っていても、発揮するどころか自分でも気づかないままで終わる人も少なくないのでしょうね」

岬の声には悲痛な響きがある。今まで各国をツアーで回り、見たくないものも沢山見てきたのだろう。

「だからこそ三人に与えられたチャンスを無駄にしないためにも、このコンサートを成功させなくてはいけません」

「そんな責任も負わなきゃいけないのか」

「チャンスを与えた者の責務ですよ」

岬の口から聞かされると、それはそうだと納得せざるを得ない。どちらにせよ、コンサートを成功させるための動機は多い方がいい。

エドワードはランチボックスの中身を突《つつ》きながら、コンサート成功の予感に胸を躍らせていた。

鳴りやまぬ喝采とブラボーの声。

だが、それも夕刻過ぎまでの短い幻影でしかなかった。

凶報はセリーナによって知らされた。

「カルロスが暴徒に襲われた」

エドワードたちが屋敷に戻ったのとほぼ同時だった。

「自宅に戻る途中、殴る蹴るされたらしいわ。きっとカーネギーホールから尾行されていたのね」

咄嗟のことに頭がついていかない。

「どうしてカルロスが襲われなきゃいけないんだよ」

「わたしじゃなく犯人に訊いて」

「カルロスはどうなったんだよ」

「自宅近くの病院に緊急搬送されたって」

カルロスの自宅なら知っている。あの界隈で救急病院といえば思い当たるのは〈ニューヨーク・ユニバーシティ・メディカルセンター〉しかない。

「容態を見てくる」

「僕も行きましょう」

エドワードと岬は表でタクシーを拾い、件の病院に直行する。果たして病院前には報道陣と警官が詰めかけていた。

「カルロスという人が担ぎ込まれていませんか。関係者なんです」

幸い、対応に出た看護師がエドワードを知っていたため、難なく治療室まで案内された。

「具合はどうなんですか」

「外傷がひどく目立ちますが、命に別条はないようです」

病室では包帯で顔半分を隠したカルロスが横になっていた。首から下はシーツに覆われているが、強い消毒液と血の臭いが鼻につく。

「よお、エド。早かったな」

「具合はどうなんだよ」

「面会謝絶だったら、すんなり病室に通してくれないだろ。こんななりだが」

カルロスは両手を上げてみせる。指は十本とも滑らかに動く。

「トランペットは吹ける。もっともしばらくはタップを踏めなくなるらしいが」

「あんた、元々タップダンスは苦手だろ。やられたのは脚か」

「それと背中だ。棍棒みたいなもので数回殴打された」

打たれたところが痛むのか、カルロスは喋る度に顔を顰める。傍についていた看護師が非難の目を向けてきたので、これ以上の会話は控えるしかない。

「日を改める」

「見舞いなら来るな。そんな暇があったら練習に使え。俺だって、病室で練習するつもりなんだ」

「他の患者に迷惑だからやめてください」

担当看護師の怒りに触れて、エドワードと岬は病室から追い出される羽目になった。仮に怒りに触れずとも、カルロスの様子では長居は憚《はばか》られただろう。

「予想していたよりは軽傷で安心した」

エドワードは誰に言うともなく口にする。口にしなければ自分が本当に安心できないからだ。

「強がりはよくありませんよ」

背後の岬が気遣わしげに言う。

「別に強がっちゃいない。現にカルロス本人が演奏は可能だと言っていたじゃないか」

「カルロスさんではなくエドワードさん、あなたのことを言っているんです」

思わず足を止めると、タイミングを見計らったように廊下の向こうから白衣の男が近づいてきた。

「失礼、カルロス・ホーナー氏の関係者の方ですか」

「一応」

「主治医です。カルロス氏の治療の邪魔をしないでいただきたい」

「見舞いに来ただけですよ。本人も演奏できるくらい軽傷だと」

「何が軽傷なものか。左右とも足の骨を砕かれている上に鎖骨も損傷している。全治二週間。

本来なら会話も控えてほしいくらいだ」

「全治二週間。それじゃあ来週ステージに立つのは」

「ステージに立つだと。馬鹿も休み休み言ってくれ。両手は不思議に無傷だが鎖骨を折っているんだ。呼吸するのもひと苦労のはずだ」

釘を刺してから医師は二人の前から立ち去っていく。エドワードたちの受難はそれで終わらなかった。失意のうちに病院を出ると、玄関でニューヨーク市警の刑事に捕まった。

「被害者の関係者の方ですか」

偶然にもこの刑事はエドワードの名前を聞き知っていたので、対応は丁寧だった。

事件が発生した前後についてあれこれと質問されたが、カルロスとはカーネギーホールで別れたので彼が襲撃された事情など知る由もない。

「まあ、これは形式的な質問と考えてください。襲撃犯たちの姿は防犯カメラに捉えられていますから、逮捕は時間の問題でしょう」

「襲撃犯たち。するとカルロスを襲ったのは複数なんですか」

「合計六人、全て白人男性。まだ素性は割れていないが、カーネギーホール前でデモをしていた一団の中に混じっているのは確認できています。おそらく白人至上主義者たちでしょうね」

六人がかりの暴行と聞き、カルロスの重傷にも納得がいった。

「カルロスは全治二週間です」

「カメラに映っていたヤツらの狼藉は、そりゃあひどいものでした。両足に背中、そして頭部を殴る蹴るで。あれで全治二週間で済んだのならカルロス氏は運に恵まれている。さしずめ音楽の女神のご加護ですかな」

刑事の軽口にもエドワードは沈黙していた。カルロスが怪我を負った部位は両足と背中と頭部。理由は自ずと明らかだった。

演奏するための手と指を必死に守ったからだ。

おそらく両腕を抱えて丸くなり、暴徒たちの攻撃に耐えていたのだろう。両足の骨を砕かれ、どんなに背中を蹴られても腕先だけは守り抜いた。

その光景を想像すると胸が締めつけられそうになる。腹の中が攪拌《かくはん》されてバランスが崩れ、嘔吐《おうと》を催す。

エドワードは束の間言葉を失い、岬が後を継いでくれた。

「オケの他のメンバーは無事でしょうか」

「ニューヨーク・フィルの音楽監督からの依頼で、それぞれに護衛がついています。今のところ被害報告は受けていません。お二人も、ここからは市警が自宅までお送りしますよ」

「よろしくお願いします」

市警のパトカーに乗せられて帰宅する頃には、母親も床に就いていた。代わりに待っていたのはセリーナで、エドワードを見るなり抱擁してきた。

「どうかしたのかい、セリーナ」

「あなたたちを送り出してから急に怖くなって。無事で本当によかった」

「カルロスは少しも無事じゃなかった。全治二週間。コンサートの参加は不可能になった」

「欠員の件なら心配要らない」

本来、何かの都合で楽団員が降板する場合、弦楽器ならパートの人数が多いので無視できるが、一人一人が別パートを演奏する管楽器はそうはいかない。他のオーケストラの事務局を介して演奏者を回してもらうのが常だ。

「大丈夫。トランペットの欠員が出ても大所帯のニューヨーク・フィルには補充人員がいるから」

「そんなことを言ってるんじゃない」

思わず声が大きくなった。

「いくら補充があったとしても、コンサートを開こうとすればカルロスのような犠牲者が増えるばかりだ。こんなこと、やってられるか。何もかも無意味だ、無意味だあっ」

セリーナがびくりと肩を上下させる。

「エド」

「中止だよ。もう〈New Year's Eveコンサート〉は中止するしかない」

分かっている。

ここまで話が進み、チケットも完売状態のコンサートを中止すれば損害賠償はもちろん責任問題にも発展する。いち個人の感情でどうこうできる問題ではない。しかし、このままコンサートを開催することにエドワードは正義を見いだせない。音楽仲間が悲惨な目に遭っているというのに、開催を強行して何になるというのか。

「セリーナさん」

凍りついた時間を溶かしたのは岬だった。

「しばらくエドワードさんと二人きりにしてもらえませんか」

セリーナは彫像のように突っ立っていたが、岬の表情から何かを読み取ったのだろう。無言のまま頷くと、部屋を出ていった。

「行きましょう、エドワードさん」

岬はエドワードの手を取り、練習室へと誘う。

「こんな時でも練習しようって言うのか」

「いえ、ただピアノのある場所に移動するだけです」

「ふん。近くにピアノがあれば落ち着くとでも思っているのか」

「落ち着きませんか」

咄嗟には否定できなかった。

練習室に入ってもエドワードの心は折れたままだった。心が折れると身体の芯まで折れるらしく、壁に背を預けてずるずると腰を下ろしてしまった。

また腕を摑まれて引っ張り上げられると予想していたが、意外にも岬は隣に座り自分と同じように膝を抱いた。

「こうしていると六年前を思い出します」

「六年前。ああ、ショパンコンクールの時か」

「コンクール会場だったワルシャワ・フィルハーモニー・ホールの外では、ラクチンスキー宮殿やワジェンキ公園がテロに見舞われ多くの血が流されました。そんなさ中、僕はワルシャワ音楽院のレッスン室でずっと鍵盤を弾いていました」

エドワードもその時の気分を思い出した。実際の惨劇に巻き込まれなくともキナ臭さを嗅いだような錯覚に陥り、食事も碌に喉を通らなかった。

「似たようなものだな。僕は滞在先のホテルから一歩も外に出なかった。こんなに世間が騒然としているのに、自分たちが呑気にピアノの腕を競っている事実に無力感と違和感があった」

「それはファイナリスト共通の認識だったでしょうね。しかしアダム・カミンスキ審査委員長はテロの嵐が吹き荒れても、決してコンクールを中止しようとはしませんでした」

「あれはカミンスキ委員長の個人的な事情もあってのことだろ」

「ええ。しかし、音楽の祭典がテロによって封殺されてはならないという主張自体は正しかったと僕は思っています」

「今、この状況も同じだというのか。それは違うよ、ミサキ。襲われたのはカルロスだ。僕には旧知の仲間であって不特定多数の市民じゃない」

「旧知の仲間も不特定多数の市民も違いはありません。重要なのは僕たちにできる抵抗は何かということです。武器には武器で対抗してテロリストを殲滅《せんめつ》するのか、何とか話し合いで問題を解決するのか、それとも政治的な圧力で彼らの動きを封じてしまうのか」

「どれも現実的じゃないな。僕には戦闘力も交渉力も政治力もない」

「でも、僕たちにはピアノがあります」

「音楽で暴力に立ち向かおうというのかい。それはファンタジーだよ」

「音楽には暴力に比肩する力があります」

　岬の言葉は静かだが自信に満ち溢れている。聞いていると、知らず知らずのうちに胸の底へするすると入り込んでくる。

「音楽に力があるのは古今東西の為政者が認めています。慰撫するメロディ。鼓舞するリズム。だからこそプロパガンダに利用されたり、逆にミュージシャンが利用されるのを恐れたりしているんです。コンサートを中止させようとしている人たちも同じなのですよ」

音楽の力。

今まで何度か頭の隅で考えたことはあったが、真剣に希求したのはこれが初めてだった。

「ミサキ、僕のピアノにも力があると思うかい」

すると岬は柔和に微笑んだ。

「それを証明しようじゃありませんか。カーネギーホールの聴衆の前で」

またもこの男に背中を押された。まるで岬の言葉自体が、勇気をもたらす音楽のようだ。

エドワードはゆらりと立ち上がりピアノの前に座る。

白鍵に振り下ろした最初の一音でエドワードの心に楔《くさび》が打ち込まれる。

2

翌朝、エドワードはアメリアの声で叩き起こされた。

「起きて、エド。とても素晴らしいニュースよ」

朝っぱらから何事かと眠い目を擦《こす》りながらリビングに連れていかれる。テレビに映っていたＦＯＸニュースでは、何と自分の顔のアップが大写しになっていた。

『就任以来、新大統領が夫人とともに観覧するイベントはこれが初となります。来週三十一日、大統領夫妻はカーネギーホールで行われる〈New Year's Eveコンサート〉に出席することがＦＯＸニュースの取材で明らかになりました』

眠気がいっぺんに吹っ飛んだ。

『このコンサートは人気ピアニストのエドワード・オルソン氏と同じく著名なピアニスト、ヨウスケ・ミサキ氏の競演が話題となっており、既にチケットはsold outになっています。大統領夫人はクラシック音楽にも造詣が深く、今回の観覧は夫人の勧めによるものと関係者は伝えています』

「エドが大統領夫妻の前で演奏を披露するなんて。まるで夢みたい」

アメリアは息子に抱きつき、子どものようにはしゃぎまわる。

「立派よ、エド。今日ほどあなたを誇りに思ったことはない。きっとお父さんやハロルドも喜んでくれるわ」

「ありがとう」

取りあえず礼を言ってから、急いで寝室に戻る。

冗談じゃない。大統領夫妻の出席は当日ぎりぎりまで伏せておくんじゃなかったのか。慌ててセリーナに電話を掛けてみる。

「いったい、これはどういうことだよ」

『わたしもたった今、FOXニュースを見たばかりなのよっ』

彼女もまた泡を食っているようだった。

『初めは『バラエティ』誌、今度はFOXテレビにすっぱ抜かれるなんて。情報管理がどうなっているのか、こっちが聞きたいくらいよ。もっとも今回のFOXテレビというのは大方の想像がつくのだけれど』

セリーナの言わんとすることはエドワードにも理解できる。元々FOXテレビは共和党寄りのマスメディアだ。新大統領の威信を高めるためなら偏向報道も辞さないと聞く。おそらくは大統領の側近辺りがリークした情報を今朝のニュースにぶつけてきたのだろう。少なくともニューヨーク・フィルの側から漏洩《ろうえい》したとは思えない。

「どうする」

『どうするもこうするもない。こんなニュースになったらプロモーターやカーネギーホール側も否定できやしない。粛々と進めるだけよ』

「民主党の支持者がチケットの払い戻しとかするかな」

『それより多くの共和党支持者がキャンセル分を争奪するわよ。今しがたネットオークションを検索してみたら、既にとんでもないプレミアムがついている』

エドワードは笑い出したくなる。物事には必ず二面性があるというが、この状況はむしろ皮肉な部類と言えるだろう。

「セリーナはどうするつもりだい」

『マネージャーとしては、折角の話題をフイにしたくない』

泡を食っていた彼女は、ものの数分で商魂たくましき敏腕マネージャーに戻っていた。

『こうなったら「大統領夫妻観覧」をポスターやパンフレットに刷り込んで、目いっぱい宣伝に利用させてもらう。コンサートは初日以降も続くんだから』

「その方面は任せるよ」

通話を終えると、今度は岬が騒ぎを聞きつけてきた。エドワードから事の次第を告げられると、岬は少し困ったように小さく嘆息する。

「何か問題があるような顔つきだな」

「確実にそうなるであろうと予測できることと、もしかしたらと危惧されることの二つがあります」

「そうか。じゃあ確実な方を先に挙げてくれ」

「夫妻の出席が明らかになれば、ただでさえ評判のよろしくない大統領なのでホール内の警備が厳重になります。観客はもちろん出演者のセキュリティチェックは楽器のみならず、ポケットや靴の中にまで及ぶでしょうね。金属探知機も当然のように持ち込まれます」

「金属探知機。おいおい、金管楽器の奏者はどうなるんだよ」

「下手をすれば、その場で分解してくれと言われかねませんよ。セキュリティチェックに時間が掛かれば、入りの時間も前倒しにしなければなりません。従って当日のタイムテーブルにも大きな変更が生じます。重量級の楽器を持ち込む人は搬入の手続きを再確認する必要がありますす」

「ちょっと迷惑な話だな」

「更に大統領夫妻の出席となれば、正式な演目の前に国歌斉唱を求められるかもしれません。その際はニューヨーク・フィルに伴奏が依頼されるでしょう」

「ずいぶん迷惑な話だな」

新大統領の顔を思い浮かべる。ただでさえ自己主張の強そうな人物だから、自分および国家を礼賛することには諸手を挙げて賛成するに違いない。

「メディアが大挙して押し寄せることも考えられます。親共和党だけでなく反共和党の新聞社やテレビ局、ネット配信の記者は是が非でも入場しようとするでしょう。こちらはカーネギーホールの支配人がどのような対処をしてくれるかにかかっています」

　聴衆だけならともかく、テレビカメラの放列を前にして集中力を乱される奏者がいないとも限らない。

「聞けば聞くほど荷が重くなってくるな。危惧されることの方は何だい」

「評判のよろしくない為政者は常時、暗殺の危険に晒《さら》されています」

「おい」

「どんなに警備が強化されたところで、暗殺やテロは起こり得ます。それは歴史が証明しています。万が一にも、〈ラプソディー・イン・ブルー〉の演奏中に不測の事態が発生した場合、演奏者たちが巻き添えを食わないという保証はどこにもありません」

　エドワードは喉元に異物感を覚える。口に出すのも憚られる言葉が詰まったような感覚だった。

「お分かりでしょう、エドワードさん。大統領夫妻を護ってくれるＳＳ（シークレットサービス）はいても、僕たち演奏者を護ってくれるのは自分しかいないのですよ」

　機を見るに敏な者は、大統領夫妻出席の第一報を受けた直後からチケットの取得に動いた。言い換えれば、敏でない者も午前中には大抵ニュースを知ることになる。

大統領夫妻がクラシックコンサートに出席するという報《しら》せは否応なく全米の注目を浴びた。それまでロック一辺倒だった彼が夫人の勧めとは言え、クラシックに食指を動かすなど予想する者は皆無に等しかったのだ。

演目の〈ラプソディー・イン・ブルー〉に込められた狙いが多様性であることも拍車をかけた。そもそもヘイトスピーチで選挙戦を勝ち抜いた人物が多様性をテーマとしたコンサートに出席するのだから、すわ宗旨替えかと色めき立ったメディアも少なくなかったが、大統領本人は何もコメントを残さなかった。そして本人がだんまりを決め込んだお蔭で、余計に疑心暗鬼を生む結果となった。

岬の分析や予測はほぼ現実に沿うものだったが、想定外の事態も生じた。どういう風向きの変化か、白人至上主義者ばかりでなく民主党支持者の一部までが大統領夫妻の観覧を阻止すべく動き出したのだ。これにはエドワードもセリーナも驚いた。

やがて彼らが大統領夫妻の観覧を阻止しようとする動機はＣＮＮのインタビューで明らかになる。

『あのロック好き野郎が一転して〈New Year's Eveコンサート〉に顔を出すのは、もちろん宗旨替えなんかじゃなくて、ただのポーズに過ぎないのさ。あの男にとってマイノリティがどうなろうが関心なんてない。関心があるのはあくまでも支持率だ。民主党と共和党左派の歓心を得るために、いっとき反人種差別を装っているだけだ』

『〈New Year's Eveコンサート〉は崇高な目的を持ったコンサートだ。そんなコンサートにあんなヘイト野郎を招けば、折角掲げたメッセージが有名無実になってしまう』

『メキシコとの国境に壁を作る一方で、多様性を謳うコンサートに顔を出す。こういうのをダブルスタンダードっていうんだ。いいか、ダブルスタンダードを使うヤツってのは大抵が他人に厳しく自分に甘い。そんなのが大統領でいたら、そのうち政府は汚職の温床になりかねないぞ』

多くは感情に根ざした罵倒のような意見だったが同調する者も多く、改めて大統領の不人気ぶりを窺わせた。

かくしてカーネギーホール前には、コンサートの中止を求める者たちと大統領の観覧を阻止する者たちが互いに牽制《けんせい》し合いながらデモを繰り広げるという奇妙な光景が展開されることとなった。

これを面白がるメディアもあり、カーネギーホール前には各社のカメラが常設されるようになる。楽団員の中には神経質な奏者もおり、こうした一連の騒ぎが彼ら彼女らに良い影響を与えるはずもなかった。カルロスが参加を断念したことも手伝い、オーケストラには不協和音が生まれ始めていた。

「参ったな」

ステージの上を見回しながら、エドワードは低く呻いた。

「明後日はゲネプロだというのに、皆、上の空だ」

奏者たちはまとまりを欠き、個別で見れば演奏ミスが目立った。取り分け厳しかったのはトランペット奏者たちで、カルロスというサポート役を失ったウィリーは傍目にも悪戦苦闘しているように映っていた。

「どうすればいい、ミサキ」

いつの間にか困った時には岬のアドバイスを求める癖がついてしまった。我ながら情けないと思うが、それだけ岬に頼りがいがあるのだろう。

岬はセカンドパートの指を止めて、こちらに向き直る。

「あまり心配する必要はないと思いますよ」

「この状態でかい」

「皆さん、プロなんですから。今はまとまりがなくてもゲネプロになれば、きっちり合わせてきますよ」

言われてみれば確かにそうだ。自分でもそうした場面は何度も目撃したではないか。それにも拘わらず不安を払拭できないのは、あまりに雑音が多過ぎるせいだ。

「君はホール前で騒いでいる連中が少しも気にならないのか」

「どうせ本番当日になれば、当局の手で排除されます」

「本番にはホールの中にカメラが入ることが決まった」

「ライブ配信は、これが初めてじゃないでしょう」

「だが数がやたらに多い」

「演奏が始まれば自然に見えなくなります。オケの皆さんを信じましょう」

　エドワードの不安をよそに、岬はどこまでも穏やかだった。いついかなる時も乱れないテンポと自由闊達なリズムでセカンドパートを奏でる。

　不思議なことにセカンドパートのメロディが流れ出すと、場の雰囲気が少しずつまろやかになってきた。刺々《とげとげ》しさが影を潜め、代わりに安寧な時間が動き始める。オーケストラの奏者たちはいったん手を止めて岬の奏でる旋律に身を委ねていたが、納得するように頷くと再び演奏を始めた。

　それぞれの音がばらばらでも一体感が生まれ、皆の顔から不安が消えていく。練習の音でこれだ。エドワードは岬のピアニズムに舌を巻かずにいられない。リズムで気分を、テンポで時間を瞬時に支配してしまえるピアノにはそうそうお目にかかれない。

　負けていられないよな。

エドワードは深呼吸を一つして、鍵盤の上に指を翳《かざ》した。

昼過ぎになると珍しく岬のマネージャー、レナードが顔を出した。

「集中できているか、ミサキ」

レナードは他のメンバーなどまるで無視して、つかつかと岬に歩み寄る。

「ホール前は面白かったぞ。両陣営が似たようなことを叫び合いながら睨み合っている」

「他人の揉め事を面白がるのは、あなたの悪い癖です」

「世の中の出来事は万事、エンターテインメントさ。中でも人間同士の血で血を洗う闘いは最もカネが稼げる」

「レナードさん」

「市警に確認してきた。本番当日、ミサキとエドワードは警官の護衛つきでホールに送られる」

「僕たちは要人でも何でもないのですけれどね」

「事と次第によっては大統領夫妻に謁見する機会がないとも限らない。護衛というのは名ばかりで、真の目的は警戒だ。大統領夫妻に近づく可能性のある人間は完全な管理下に置きたいのだろう」

管理下と聞いても、岬は嫌な顔一つしなかった。

「予想はしていました」

「遊説ならともかく、観覧は初めてだから警護する側も手探り状態なのかもしれない。だが、お蔭で宣伝効果は抜群だ。ネットではチケットに最大二十倍のプレミア値がついた。偽造チケットの販売も摘発されている。近年のクラシックコンサートでは有り得なかった現象だ。追加公演も決まった。スクープしてくれたＦＯＸニュースさまさまだ」

「二十倍のプレミア価格ですか。あまり愉快な気分にはなれませんね」

「チケットの争奪戦もまたエンターテインメントだよ。ミサキとエドワードの競演には二十倍の価値があると市場が判断したのだ。君が気に病む必要はあるまい」

「チケットの適正価格は劇場が決めることです」

岬の口ぶりで、彼もコンサートを取り巻く諸々の騒ぎを疎ましく思っている様子が窺える。

「まあ、今回は誰がどの席をいくらで購入したかが丸分かりなんだが」

「どういう意味ですか」

「〈New Year's Eveコンサート〉は全席ともネット予約で、窓口販売はゼロ。つまり購入者の素性はデータとして全て残っている。転売したとしてもネットを通じての取引であれば、その相手方も特定できる。既にカーネギーホールはそのデータを市警に提出している。観客は会場でセキュリティチェックを受ける以前から丸裸にされているのも同然なんだ」

＊

スパニッシュハーレムの自宅アパートに戻ると、〈愛国者〉はベッドに倒れ込んだ。さほどの重労働をした訳でもないのに、疲労が溜まっている。自分でも分かっている。この疲れは肉体的なものではなく精神的なそれだ。

ゲネプロを明日に控えたというのに、まだ自分のパートを完璧に仕上げていない。他のメンバーは慣れたもので、あとは全員の音合わせを待つのみと思える。

以前にも何度かステージで演奏したことはあるが、やはり名門ニューヨーク・フィルのレベルは段違いだった。どれだけ練習しても彼らと同レベルに立てる気がしない。〈愛国者〉は劣等感で身が焦げそうになる。

だが一方で、この疲労感は心地よい。疲れれば疲れるほど、自分の技量が向上している自覚がある。毎日が驚きと落胆の連続であり、ここ数年では間違いなく昂揚する日々だ。

組織の介在で採用されたという引け目は、連日の刺激でとうに失せている。昨日まで奏でられなかったメロディを奏でられ、刻めなかったリズムを刻めている。この喜びは演奏者にしか理解できないだろう。

改めて自分は音楽を愛しているのだと実感する。オーケストラの連中と一緒にいると、つい自分が暗殺を生業としているのを忘れそうになる。

当然だろう、ともう一人の自分が言う。どこの世界に音楽よりも人殺しが好きな人間がいるものか。

奏者に採用されてからは人生最高の日々だったと言っても過言ではない。快い緊張感と胸を満たす充実感。食べるものは全て美味しく、空気すら清新に感じられた。

だが、それも永遠ではない。

コンサート当日、自分は大統領を暗殺せねばならない。彼を殺害した瞬間に演奏家としての自分も死ぬのだ。

コンサートの成功か暗殺の成功か。依頼者との契約に則《のっと》れば後者を優先させるべきだが、〈愛国者〉は未だに吹っ切れていない。この充実した日々が可能な限り続けば、どんなに幸せなのだろうと夢想している。

時折考える。もし当日に自分が暗殺を思い留まれば、これまでの血に彩られた人生は塗り替えられるのだろうか。

いや、無理だ。

契約を履行しなかった時点で、依頼者は自分を追ってくる。それこそ今度は自分が狙われる羽目になる。そうなれば演奏者として生きていくのは不可能だろう。

〈愛国者〉は惑う。あの大統領の命を奪うことには何の躊躇もない。だが己の演奏者生命を奪われるのは堪らなく辛い。身勝手なのは重々承知しているが、そう思わせるほどにニューヨーク・フィルとの毎日はかけがえのないものなのだ。

今日は殊に特別な日だった。カーネギーホール前のデモでメンバーの大半が神経質になっていた中、彼の奏でたメロディが空気を一変させた。

ヨウスケ・ミサキ。ショパンコンクール以来、彼のピアノはいつもネットの動画で鑑賞していたのだが、まさか同じステージで演奏できるとは夢にも思わなかった。

〈ラプソディー・イン・ブルー〉、セカンドピアノのたった数フレーズが澱《よど》んだ雰囲気を一掃してしまった。演奏に悪戦苦闘していた〈愛国者〉のみならず、ステージに立っていた全員が耳をそばだて、気分を新たにしたのではないか。

岬のピアニズムは圧倒的だ。ネットの動画を見た時に感じた興趣も、目の前の演奏とでは比較にすらならない。じっと聴いていると五感の全てを支配されるような感覚に陥る。だが決して不快ではなく、心身の縛《いまし》めがとろとろと溶けてしまうような悦楽がある。

同じ音楽家でも自分とはまるで格が違う。認めるに吝《やぶさ》かではないが、これが音楽の女神に愛される者と愛する者との相違なのだろう。あまりに違いがあり過ぎるので、もはや絶望もしない。

二人のショパンコンクール・ファイナリストと同じステージに立つなど、演奏者としては望外の喜びだ。初日だけではなく、その後の公演でも一緒に演奏できればどんなに幸せだろう。間違いなく己の技術は向上し、音楽性にも変化がもたらされるはずだ。〈愛国者〉は再びその光景を夢想する。

途端に己に課せられた使命を思い出して気分を曇らせる。ここ数日はそんなことの繰り返しだった。

せめてこの時だけは音楽に専念しよう。そう考えてケースから楽器を取り出そうとした瞬間だった。

スマートフォンが着信を告げた。

『今、どこだ』

依頼者からの電話だった。

「自分の部屋だ」

『頼まれたものは揃えた。明日、ＵＰＳで送る』

「コンサートは明後日だ」

『モノと分量が確認できれば充分だろう。自宅に何日も置いておいて楽しいブツじゃあるまい』

依頼者の言う通りだった。奏者の一人として自分にも護衛が一人ついている。身辺に違法な薬物や銃器を置いておくのはリスキーに過ぎる。

『オーケストラにはすっかり溶け込んだのか』

「問題ない」

むしろ溶け込み過ぎて抜けるのが困難になっているのが実状だ。

『そりゃあよかった。ところで狙撃した後の行動をまだ聞いていないが、退路は確保できているのか』

「問題ない」

『説明してくれないか』

「どこで盗聴されているかどうかも分からないのに、喋れる訳ないだろう。心配しなくても、あんたたちのことは洩らさないよ」

『しかし、万が一ということもある。もしお前が当局に身柄を確保されたら』

「そのためにわたしの口を封じる手筈も整えているはずだ。違うか」

依頼者の返事はない。この沈黙は肯定を意味していると解釈して間違いない。

「こちらも一応、プロだ。それなりの矜持《きょうじ》も覚悟もある」

『悪かったな』

「コンサートの模様はライブ配信されるから、ネットで鑑賞していればいい」

『成功を祈っている』

通話を終えてから〈愛国者〉は己の吐いた言葉に思いを馳せる。

プロとしての矜持と覚悟。暗殺のプロが一番の禁忌としているのは依頼内容の暴露だ。従ってプロ意識を持つ暗殺者は口を割られる前に自ら死を選ぶ。

依頼していたものの中にはボツリヌス毒素が含まれている。しかも人一人殺すには充分以上の分量だ。自分が狙撃に成功したとしても周囲は警護だらけだ。聴衆で満席の中を逃げ果《おお》せるとは到底思えない。いよいよとなれば予備の毒物で自分自身を始末するつもりだ。

おそらく用意してくれた依頼者も、分量の多さとその意味するところに気づいているに違いない。殺伐とした話だが、ビジネスとはそういうものなのかもしれない。

千々に乱れる雑念を振り払い、〈愛国者〉は愛器を手に取る。

せめて今だけは。

凶器よりは楽器を。

憎しみよりは寛容を。

3

十二月三十一日午後五時四十分、〈New Year's Eveコンサート〉開演二十分前。

カーネギーホール前は警護隊と市警の群れでものものしい雰囲気に包まれていた。エドワードたちとニューヨーク・フィルの面々は一列に並んで大統領夫妻の到着を待つ。

これに先立ち、エドワードとミサキ、ニューヨーク・フィルの面々には身体と楽器の検査が行われた。奏者はSSに身体中をまさぐられ、楽器は金属探知機にかけられた。ピアノのような巨大なものはその隅々まで凶器が隠されていないか探られた。お蔭で金管楽器は探知器が鳴り、例外なく中身までチェックされて奏者たちからは非難囂々だった。しかし大統領の身の安全を優先すれば仕方のない対処でもあった。

開演前の国歌斉唱についてはニューヨーク・フィルからの申し出で見送られたものの、ホワイトハウス側は大統領夫妻の出迎えを要請してきたのだ。

かくして十二月の寒風吹きすさぶ中、エドワードたちが待っていると、大統領専用車〈ビースト〉が姿を現した。

「Hello! Maestro.」

大統領は開口一番、こちらが聞いて赤面するような言葉を口にした。社交辞令にしても大袈裟で、エドワードは彼の顔を直視できなかった。

大統領は続く指揮者のアラン・ギルバートに対してもMaestroの単語を使った。彼にしてみれば二人は同列に語られる対象なのだと悟った時、複雑な思いに駆られた。

大統領夫妻の入場とともにメンバーは楽屋へと直行する。日頃から大統領嫌いを公言している者などはトイレで入念に手を洗ってきたと言う。

「彼と握手した手で触られたら、きっと楽器が泣く」

「握手なんかするからだ。俺は断固として手は差し出さなかった」

「それはちょっと大人げなくないか」

「ささやかな主張だよ」

幕が上がるまであと数分だというのに、招かれざる客の話題で皆の集中力が切れている。新たに採用された三人の奏者は殊に惑っているようだった。初の大舞台という事情も手伝ってか、少しも落ち着かない様子でいる。

昨日のゲネプロではアランの指揮の下、ニューヨーク・フィルの面々がさすがというまとまりを見せてくれた。これなら本番も心配なしと確信した翌日にこの有様だ。

こんな時にカルロスがいてくれたら。そう思った時、これ以上はないというタイミングで声を上げた者がいた。

燕尾服姿のアラン・ギルバートだった。

「ミサキ。そう言えば、君は国家元首の前で演奏するのは今回が初めてだそうだな」

この問い掛けにオーケストラの全員が反応した。

「ええ、その通りです」

「現在、この国の国家元首は毀誉褒貶《きよほうへん》半ばする人物で、だからこそ歴代の大統領に比べても注目を集めやすく、ああいう警備も厳重になる。非常にやりにくい舞台だが、ミサキに対して何かアドバイスは必要かな」

「ありがとうございます、アランさん。でもご心配には及びません。貴賓席にどなたが座ろうが、それで演奏内容が変わる訳ではありませんから」

「おや、そうなのか」

「どんな世界にも争いがあり、どんな場所にも意見の相違は存在します」

楽屋にいる者は皆、岬の言葉に耳を傾けている。東洋から来たピアニストが今、この国を語ろうとしているのではないか。

「でも音楽には対立も違いもありません。どんな作曲家が紡ぐメロディでも誰が刻むリズムでも、聴く人を慰め勇気づけることができます。聴く人が大統領であっても、家のない人であってもそれは同じです。だから僕は、〈ラプソディー・イン・ブルー〉を聴きたいと劇場に訪れた全ての人に向けてピアノを弾くつもりです」

「ありがとう、ミサキ。わたしも同じ考えだ」

アランは茶目っ気を出して笑うと、メンバー全員に向かって言った。

「さあみんな、楽しい音楽の時間だよ」


カーネギーホールのメインホールには二八〇四席が設《しつら》えられている。建設当時より豊かな音響効果が評価されているが、七番街の道路に面しているため自動車の騒音が聞こえてしまう欠点も持つ。

貴賓席とされているのは二階（Second Tier）と三階（Dress Circle）のボックス席だ。回廊から続くレッド・カーペットを進むと各室にカーテン付きの扉が付いており、外界と隔絶されている。まさにセレブ御用達の仕様だが、意外にも大統領夫妻はボックス席ではなく、一階（First Tier）の最前列中央の席を希望してきた。

想像するにファーストレディがエドワードや岬をはじめとした奏者の顔を眺めたいがゆえのリクエストなのだろうが、カーネギーホールの特性を知るエドワードには残念でならない。

ボックス席のチケットが高価なのは、何も高みから一階席を睥睨《へいげい》する権利があるからではない。実際に聴き比べてみれば分かるが、一階よりは二階、二階よりは三階の方が音響効果が優れているのだ。音に広がりがあり、かつどの楽器がどのように鳴っているのか分離感も際立つ。S席だから一番価値のある席とは限らない。

かくして大統領夫妻はピアノのほとんど真下からステージのピアニストを見上げる格好になる。直線距離にして十メートル足らず。ファーストレディには願望通りの位置だろうが、奏者にとっては目障りな席とも言える。

舞台の袖で見ていると、司会者の誘導で観客全員が立ち上がる中、大統領夫妻が入場してきた。拍手と歓声が湧き起こり、今夜の主役が誰なのか判然としなくなる。エドワードは最後まで国歌斉唱の要求を受け容れなかった支配人に感謝したい気持ちでいっぱいだった。

それにしてもと思う。

見上げるばかりの高い天井、眩いばかりのライトに照らされて壁は黄金色に輝き、まるで天国の門に立っているようだ。

かつてこの劇場ではドヴォルザークの〈新世界より〉の初演があった。我がガーシュウィンの〈ヘ調の協奏曲〉も〈パリのアメリカ人〉も初演はこの場所だった。チャイコフスキーもラフマニノフもここで演奏した。

クラシック畑ばかりではない。マイルス・デイヴィス、ビリー・ホリデイ、エラ・フィッツジェラルドなどのジャズアーティスト。ポップスターならビートルズ、ローリングストーンズ、フランク・シナトラ、ボブ・ディラン、スティービー・ワンダー、デヴィッド・ボウイといった錚々《そうそう》たる音楽家がこの舞台に立っている。そうした歴史を思うと、ますますこのステージがミュージシャンの天国のように思えてくる。

今宵《こよい》、自分と岬はカーネギーホールの新たな歴史を創る。そう思うと武者震いを抑えられなかった。

司会者による口上が終わると、照明が落ちていく。中央のピアノだけが暗いステージの上で浮かび上がる。コンサートのメインは〈ラプソディー・イン・ブルー〉だが、演目にはその前にエドワードのピアノソロと協奏曲が三曲続いている。

エドワードは深呼吸を一つすると袖からステージ中央に進み出た。万雷の拍手が起こり、エドワードは客席に向かって軽く会釈する。

会場のざわめきは潮が引くように消えていく。

一曲目はガーシュウィン〈前奏曲第2番嬰ハ短調〉。〈ラプソディー・イン・ブルー〉の印象的なフレーズを取り入れた、これもジャジーなピアノだ。

最初の一打から始まる陰鬱で単調なメロディ。傍からは指一本で弾けそうにも思えるだろうが孤独感の表現が難しい。だがカーネギーホールという最高の舞台を得て、エドワードの昂揚が普段以上のポテンシャルを引き出している。

焦るなと、もう一人の自分が耳元で囁く。ゆっくりと、しかし緊張感を保ったままリズムを刻め。

音量を限られた曲を聴かせるためにはテンポとリズムが肝要になる。乱れないテンポと躍動するリズム。相反する二つの要素をいかにして破綻なく紡いでいくかが、同時に聴きどころとなる。

エドワードは薄氷を踏むような細心さで鍵盤を弾く。舗道を歩く孤独な影が己と重なる。合奏とは異なり、ピアノソロは孤独な演奏だ。支援もなければ共鳴もない。

しかし表現は明確になる。この曲を自分はどう解釈するのか。観客の反応を確かめながら答え合わせできるのが、何より楽しい。きっと数多のピアニストは孤独好きな、探求心の固まりなのだろう。

俄にテンポが上がる。まるでステップを踏んでいるようなテンポでエドワードの心拍が跳ね上がる。細心の注意を払って繋いできたメロディをここぞとばかりに踊らせる。

微弱なpianississimo《ピアニシシツシモ》が残響音に引き継がれるのを耳で確かめながら鍵盤を静かに沈めていく。

次のフレーズから再現部に入る。エドワードの視界には八十八の鍵盤しか映らず、既に観客や大統領夫妻の存在も消え失せている。

軽快ながらどこか静謐《せいひつ》なメロディ。立ち止まりそうで、決して立ち止まることのないリズム。

四分ほどの小曲でも、ガーシュウィンは一瞬たりとも弛緩《しかん》や休息を許してくれない。

開始から三分を過ぎ、そろそろコーダに入る。〈前奏曲第2番嬰ハ短調〉の終結部は勢いよく駆け上がるのではなく、静かに走り抜けるというイメージだ。

エドワードは指先に神経を集中させて、ゆっくりとリズムを立ち上げる。時として弱音を奏でる指は強い音を放つ時以上に酷使される。

途切れないように。

乱れないように。

弱音を保ったまま、エドワードは最後の一音を深い場所に沈めていく。高い天井まで音が幽《かそけ》く消えていく。

鍵盤から指を離すのと、ほぼ同時に拍手が起きた。予想通り、まだいくぶん控え目な拍手だ。

ステージ下に視線をうつせば、ファーストレディは熱心に、そして肝心の大統領はいかにもおざなりに手を叩いている。ロック好きにこの曲は好みではないだろう。

昨日までの自分なら何とも思わなかったに違いない。だが昂揚していたエドワードは、世界最高の権力を握る男を己の演奏で興奮させてみたい衝動に駆られていた。

見ているがいい、大統領。これはまだ序の口だ。

続くピアノソロ二曲の後に協奏曲を挟み、最後は岬との〈ラプソディー・イン・ブルー〉が控えている。安穏《あんのん》と座っていられるのも今のうちだ。必ずその席でスタンディングオベーションをさせてみせる。

ステージの袖では岬が待っていた。

「素晴らしいコンセントレーションでした」

やはり注目してくれたのは集中力だったか。

そうこなきゃな。

「しばらくはエドワードさんが出ずっぱりになってしまいますね」

「この日のために体力増強のメニューとトレーニングを怠らなかった。心配するな。ちゃんと完走してみせる」

＊

やはりファイナリストのピアノはまるで違う。

岬の後方からステージを眺めていた〈愛国者〉は胸の裡で溜息を吐く。配信での鑑賞とはまるで比べものにもならない。エドワードの息遣いがここまで伝わってくるようではないか。

音には圧がある。場所によって、そして奏者によってそれぞれ圧の強さは異なる。

たった今、エドワードの奏でた前奏曲はピアノソロ、加えて終始弱音であるにも拘わらず聴く者の耳を捉えて離さなかった。どんな微細な音も聴き洩らすまいと惹きつけていた。

これがプロとアマチュアの差なのか。〈愛国者〉は称賛と絶望の狭間で引き裂かれそうになる。

だが、何と快楽に満ちた痛みなのだろう。彼の下で演奏を続ければ、自分は間違いなく他人を酔わせるプレーヤーに成長できる。

一方で、〈愛国者〉は狙撃対象である大統領と相対した不快感を払拭できずにいる。握手した際の感触が今でも掌に残っている。

真正面に捉えた大統領は尊大で畏敬さの欠片《かけら》もなかった。この男がヘイトスピーチを繰り返し国を分断させていると思うと、その顔に唾を吐きかけたくなった。

この後の協奏曲で自分はオーケストラの一員として、大統領の前で演奏する羽目になる。真意はどうあれ、彼を愉しませるために演奏するのだ。まさか、己がこんな二律背反に囚われることになるとは想像もしなかった。

本番直前、警護隊によって身体検査をされた時には、さすがに冷や汗を掻いた。ちょっとやそっと調べられたくらいで正体が露見するようなヘマはしないが、それでも寿命が縮んだ。暗殺対象と握手したり、直前に検査されたりするのはこれが初めてだったのだ。

幸い厳重な検査にも引っ掛からず、武器も取り上げられなかった。しかも標的は最前列の中央ときた。自分がステージに立った時の位置からは充分射程範囲に入る。

計画は二段構えと聞いていた。もし大統領夫妻が二階三階のボックス席を選択した場合は、別の狙撃手がライフルを使用する手筈だったらしい。

だが運はこちらに転がった。選りに選ってファーストレディが最前列の席を選択してくれたお蔭で〈愛国者〉の採用が決まったのだ。

サンキュー、大統領夫人。暗殺が成功したあかつきには、あなたは自身の選択を死ぬほど後悔するだろうが、どうかわたしを恨まないでくれ。

客席に視線を移せば、大統領夫妻の周りは警護隊で占められている。客席ばかりではない。メインホールの各入口は言うに及ばず、劇場の周囲も市警によって包囲されている。暗殺に成功したとしても包囲網から抜け出すのは至難の業だろう。

覚悟はとうに決めている。

可能な限り長く演奏したいが、計画は実行しなければならない。これもまた二律背反だ。計画を実行した途端に己の演奏家生命も潰《つい》えてしまう。

相反する条件を満たすには一択しかなかった。

それまでは演奏に没頭するとしよう。生涯にただ一度だけ与えられた晴れ舞台で、エドワードや岬に恥ずかしくないパフォーマンスを披露しよう。

それが演奏者としても暗殺者としても自分に相応しい最期のような気がするのだ。

＊

続くピアノソロ二曲と協奏曲は大きなミスもなく演り終えることができた。

エドワードにとって嬉しい誤算だったのは、新たに採用したレニもタイロンもウィリーも予想以上に頑張っていることだった。仔細《しさい》にはまだ危うい箇所も散見されるが、名門ニューヨーク・フィルのレベルに追いついている。ホールの支配人も目を丸くする有様だった。

「わたしは本番で実力以上を発揮するタイプだったんだな」

レニは自分でも驚いているようだった。タイロンやウィリーも口にはしないものの、満更ではないという顔をしている。

いよいよ本日のメインプログラムの時間が迫ってきた。

幕間の時間にセカンドピアノがステージに引っ張り出され、客席の期待がいやが上にも高まる。

期待が高まるのはエドワードも同じだった。夢にまで見た岬との競演が最高の舞台で果たされる。この演奏を機に、自分は一段上のレベルにいける予感がする。

「ミサキ、準備はいいかい」

「いつでもどうぞ」

エドワードが先頭となり、指揮者のアラン率いるニューヨーク・フィルが待ち構えるステージに向かう。

客席から今までで最も大きな拍手が起きる。二人はそれぞれピアノの前に座り、アランがタクトを振る瞬間を見守る。

遂にタクトが振られた。

レニの気怠いクラリネットで曲が始まる。

一音一音を区切らず滑らかに上下向させるグリッサンド奏法を、レニは完全にマスターしている。切れ間のないメロディが優雅で煽情的な感興を呼び起こす。

起き抜けの退廃的な悦楽がホールの中に漂う。やがてウィリーによるトランペットの上昇音階が提示され、いきなり全奏が起こる。

心地よく怠惰な第一主題だ。このメロディをセカンドの岬が引き継いだ。

岬の運指は本当に鍵盤の上を踊っているようだ。練習では、この箇所をエドワードが担当したが、その後のセッションで入れ替わった方が曲調をより軽快にできると判断したのだ。飛び跳ねるようなリズムがひとしきり続くと、エドワードは静かに主旋律を奏で始め、岬がそれを伴奏で支える。

ここからはスコアにしてほぼ五ページに亘る二台ピアノが続く。言わば二台ピアノによるランデヴーだ。

ファーストとセカンドは同じテンポを保ちながら異なるメロディを紡いでいく。追いつ追われつ、上向と下向を繰り返しながら縺《もつ》れ合い、寄り添い、そしてうねり合う。和音の連打とカデンツァの多用でメロディは重複していく。

これこそが当初ガーシュウィンが企図した協奏の醍醐味《だいごみ》だが、エドワードと岬が奏でることで新しい意味を生んでいる。

生まれた国も環境も異なる二つの個性がピアノを介して理解し、協調する。思想信条や肌の色、瞳の色の違いを乗り越えて一つのメロディを紡ぐ。

未だ政治の世界では成し得ないことを音楽はこうも容易く実現してしまえる。言葉や宗教の違いも悠然と超越する。

岬とのセッションは昂奮と安寧に満たされている。競いはしても争わず、主張はしても相手を貶《おとし》めない。互いに共鳴し、終結部に向かって疾走する。セカンドに回っても尚、岬のピアノは刺激的で、エドワード自身ですら気づかなかった個性を半ば強引に引き摺り出してくれる。

乱暴なまでの吸引力が、今は耳と指に心地いい。

エドワードは痛切に思う。世界中の全ての言語が音楽ならよかったのに。そうなれば世界から大方の争いが消える。残る小競り合いは互いのテンポの乱れを指摘することくらいだろう。

旋律が徐々に上向し、遂にオーケストラ全奏による第一主題が高らかに現れる。二台ピアノはオーケストラの裏で要所要所に楔を打ち込み存在感を示す。

エドワードは一気に昂揚する。

すぐ中間部に入り、レニのクラリネットが主題を再現する。すかさずウィリーのトランペットが絡み、まるで両者が対話するように吹奏が花開く。このフレーズはやや遅く奏でることで曲全体のアップテンポと対比できる仕組みになっている。ゆったりとしたリズムは黒人音楽のエッセンスを取り入れたものだ。

レニのクラリネットと岬の伴奏ピアノが絡み合う。今にも歌い出しそうな岬に対し、レニはついていくのがやっとの体だが、エドワードに言わせればついていけるだけで称賛に値する。

しばらくするとメロディは眠たげに緩やかになり、音量も落ちていく。階段を下りるのではなく、なだらかなスロープを滑り下りていくイメージだが、上向するよりも神経と体力を酷使する。岬はともかく、レニが耐えきれるかどうかが不安だったが、彼女は何とか持ち堪えた。

*

岬のピアノを間近に聴き、〈愛国者〉は終始圧倒されていた。エドワードのピアノも凄《すさ》まじいが、岬のピアノは更に上をいく。彼と協奏していると知らぬ間に身体が操られ、自分でも予期せぬような演奏になってしまう。彼のピアノには共振性があるとしか思えない。

二人のピアノに翻弄されながら、〈愛国者〉はこの世の楽園を知る。人殺しに身を委ね、汚れたカネで生活していた中では決して得られなかった多幸感がここにある。

もっとメロディを。

もっとリズムを。

曲はあと十分ほどで終わってしまう。

この瞬間が永遠なら、どんなに幸せだろう。

＊

いきなり旋律が駆け上がり、リズムは一転して軽やかに変貌した。

しばらくファーストとセカンドの軽快なステップが続く。今にも観客全員が踊り出しそうな空気になる。

エドワードがソロで主題を奏で、岬が追随する。

このフレーズがずっと続けばいいのに。エドワードはそう渇望しながら鍵盤に指を走らせる。低音のメロディを奏でるエドワードが主導権を握り、メロディラインは果てしなくスウィングに近づく。

再び二人だけの世界となり、ファーストとセカンドが主題の掛け合いを始めると、エドワードの興奮は最高潮に向かう。メロディがいったん落ちて消えかかるが、岬の奏でる弱音が辛うじて曲を繋ぎ留めている。

音が途切れた一瞬後、エドワードが不協和音にも似た強い打鍵で第一主題を反復する。対する岬は軽やかだが弱めの打鍵で支え、強弱の打鍵が悲しみと不穏さを孕みながら互いに主題を歌い上げる。

しばらく緩やかなテンポを続けた次の瞬間、エドワードは重音のトレモロを挿入して急峻に駆け上がっていく。これに岬のセカンドが絡み、メロディは目まぐるしく舞い乱れる。無軌道の一歩手前で踏ん張れているのは、岬の伴奏が力業で抑え込んでくれているお蔭だった。

＊

それは音楽の渦としか形容できなかった。〈愛国者〉は楽器を操ったまま、二人のピアノに搦《から》め捕られる。大舞台で一気に才能を開花させた印象のエドワードだが、手綱を引いて己の領域内に押し留め、あるいは解放させる岬は驚異以外の何者でもなかった。人の自由を奪い、胸を撃つ。銃剣の類でなくてもそれが可能であることを岬は実証しているのだ。

もはや嫉妬も感じない。岬に対しては畏敬と恐怖しか覚えない。

音楽はこんなにも無限だ。

音楽はこれほどまでに無敵だ。

ああ、自分にもっと才能があれば、殺傷ではなく歓喜で人と繋がれたのに。

願わくば、今少しだけ演奏の時間を長らえさせてくれないか。

だが〈愛国者〉の願いも空《むな》しく、曲は哀調を帯びて下向し始める。テンポが緩やかになり、跳躍のための助走を開始する。

＊

いったんテンポが緩やかになったかと思うと、次の瞬間、あの有名なメロディが立ち上がった。

壮麗で、きらきらとした希望に溢れた第二主題だ。

まるで新時代の幕開けを告げるような旋律にエドワードの胸は高鳴る。

この希望は生粋のアメリカ人である自分がヨウスケ・ミサキという稀代のピアニストと協奏し、黒人やヒスパニック系の仲間たちとともに同じ一曲を紡ぎ上げる奇跡の延長にある。

そこには反目も憎悪もない。あるのは協調と喜びだけだ。ガーシュウィンはそれを承知の上で作曲したのではないか。そうでなければ、こんな希望に満ち溢れた曲を書けるはずがないではないか。

ここにいる聴衆だけではなく、全てのアメリカ人に〈ラプソディー・イン・ブルー〉を届けてやりたい。

今こそ新時代への希望を。

今こそガーシュウィンを。

感動も冷めやらぬうちに、ヴァイオリンが切ない音を響かせる。弱音で訴えかけるような旋律、純粋な調性音のみで構成されたソプラノがこちらの胸に迫ってくる。次の瞬間、オーケストラの全奏で第二主題が高らかに鳴り響く。

飛び跳ねるリズム。

交差し絡み合う旋律。

歓喜が全身を貫く。

次第に目まぐるしいテンポとなり、エドワードは一心不乱に駆け抜ける。ところが岬のピアノはもっと力を出せと背後から背中を押してくる。エドワードの奏でるハーモニーと岬の叩き出す分散和音が融合し、魂を昂揚させていく。

これこそがガーシュウィンの音楽だ。異なる調性の音が絡み合い、新しい音楽になる。危ういバランスを保持しているのは曲に込められた情熱なのだ。

二台ピアノの競演に小太鼓が呼応する。するとオーケストラは沈黙し、また二台ピアノによる掛け合いが始まる。

そろそろエドワードの指が悲鳴を上げだした。小休止を挟んでいるとは言え、もう九十分は弾き続けている計算になる。

だが、ここで降りる訳にはいかない。岬のセカンドとともに縺れ合いながら光り輝く第二主題を謳い上げなければならない。

この箇所の連打は曲全体の中で最も技巧を要する場所だ。音は均質に並んでいて、リズムだけで緊迫感を演出しなければならないからだ。

どこまでも緩やかに、しかしどこまでも軽やかに。

今、エドワードはピアノを介して岬と会話をしている。岬と過ごしたこの数週間ほど濃密だった時間はない。互いの母国語が異なるから思いの全てを表現できたとは思えない。しかし自分たちには音楽という共通言語がある。

君が〈ラプソディー・イン・ブルー〉で確かめたいことは何なのか。

君は音楽というツールを使って何をしようとしているのか。

面と向かっては訊けないことも答えられないこともピアノを介してなら何の齟齬《そご》もなく通じ合える。それは自分たちだけではなく、音楽を愛する者全てが有している能力だとエドワードは信じている。

メロディはいったん下向し、また上向する。二台ピアノの交歓をオーケストラが支えてくれる。

いよいよコーダが目の前に迫ってきた。

＊

ああ、嫌だ嫌だ。

もう、コーダに突入してしまう。〈愛国者〉は一秒の経過すら恨めしく思う。いっそこの瞬間が止まってしまえばいいのに。

それにしても今の二台ピアノの掛け合いは何だ。ただの協奏ではなく、音を介した会話ではなかったか。〈愛国者〉は久しぶりに鳥肌を立てていた。音楽の自由さと万能さをまざまざと見せつけられた思いだ。

あと二分足らずで幸福な時間は終わりを告げる。自分は演奏者から暗殺者に豹変《ひょうへん》しなければならないのだ。

胸が締めつけられるような切なさを味わいながら、〈愛国者〉は最後の演奏に備える。演奏が終わった後に待っているのは歓喜と称賛、そして大統領の断末魔と阿鼻叫喚《あびきょうかん》だ。

＊

全ての楽器が終結部に向かって最後の疾走を開始する。

ティンパニと小太鼓が連打し、エドワードと岬のピアノは第一主題を大きなリズムで刻んでいく。規則的なリズムがスピードを増し、ホルンとトランペット、トロンボーンがここを先途と鳴り響く。さながらブラスバンドを連想させる音が展開し、十一度の和音で全オーケストラは頂点に達する。

壮大な幕引きを前にして、エドワードはブルースを奏でる。このブルースの調べを巻き込みながら全楽器がコーダに突入する。

栄光あれ、アメリカ。

自由であれ、アメリカ。

演奏者たちの願いを込めて、エドワードと岬は最後の一音を力強く叩き出す。

ダンッ。

一拍の空白の後、客席から声が飛んできた。

「ブラッボー！」

その声を合図に、怒濤のような拍手と歓声が湧き起こる。

通じた、とエドワードは思った。自分が曲に込めた思いが観客に伝わったのだ。

観客全員が立ち上がる。つられるようにして大統領夫妻までも腰を上げる。

その時だった。

向かいに座っていた岬がスコアを掴むなり、後方に向けて勢いよく放り投げた。スコアは綺《き》麗《れい》な直線を描いて一人の奏者の手元に命中する。

何だ。

何が起きた。

ステージ上の全員が凍りつく中、岬は脱兎のごとく駆け出して件の奏者の許へと向かう。哀れ奏者は楽器を弾き飛ばされ、床の上に蹲った。

「その人を押さえてください」

岬が衆人環視も構わずに叫ぶ。やっとただ事ではないと気づいたオーケストラの面々が蹲る奏者に駆け寄ったが、既に遅かった。

咄嗟に何かを口に含んだらしく、奏者は涎《よだれ》を垂らしながら虫の息だった。

「ドクターを呼んで、早く胃洗浄を」

奏者を抱きかかえて岬が声を上げる。会場内は騒然となり、大統領夫妻の周囲にはＳＳたちが隙間なく人間の壁を作って二人を護る。

岬の胸の中で奏者は静かに息を引き取る。その身体の傍にはクラリネットと吹矢が落ちていた。

「皆さん、触らないでください。おそらく矢の先には毒物が塗布されているはずです。きっと彼女も同じ毒を服《の》んだのでしょうね」

岬は沈痛な声で告げる。

新たに採用されたクラリネット奏者、レニ・マルティネスはこうして絶命した。

4

その後の話はさして語ることはない。アランとオーケストラ奏者たちはしばらく楽屋に閉じ込められ、再び入念な身体検査を受けた。全員が解放されたのは終演から三時間後のことだった。

以後、エドワードたちは市警の担当者から断片的な事実をいくつか聞いた。まとめれば次の通りだ。

レニ・マルティネスはクラリネット奏者の他に別の顔を持っていた。仲間内では〈愛国者〉というコードネームで呼ばれる熟練の暗殺者であり、今回は新大統領を狙っての潜入だった。彼女の狙撃方法は銃器に頼ったものではなく、もっぱら吹矢を得意としていた。矢の先に猛毒を塗り、これで標的の息の根を止める。彼女の腕前なら二十メートルの範囲内であれば、まず獲物を仕留められたという。

今回、彼女は筒の代わりに愛用のクラリネットを流用した。トーンホール（穴）を全て塞げば吹矢の筒になる。クラリネットも吹矢も木製だったから、金属探知機に反応しなかったのは当然だ。ステージでの彼女の位置から大統領までの距離は十メートル程度だったから、命中する確率も高かっただろう。

レニの不運は岬の視界にいたことだ。演奏を終えたレニが楽器ケースに隠し持っていた吹矢を取り出す瞬間を、岬は見逃さなかったのだ。ひと目でそれを吹矢と認識し、声を上げるより先にスコアを投げつけた岬を褒めるべきだろう。事実、警護隊と市警の面々は岬の咄嗟の行動を大いに称賛したものだ。

レニの持っていたスマートフォンには暗殺を依頼した者との通話記録が残されていた。早速、市警本部とＦＢＩ（連邦捜査局）が捜査に乗り出したが、今のところ依頼者の素性も組織の存在も確認されていないらしい。また、レニの採用を決めた楽団関係者の中に依頼者と接点を持つ人物がいなかったかどうか事情聴取も始められた。

尚、レニの死体を検めた検視官によれば、彼女の顔左半分は火傷痕のような痣《あざ》に覆われており、ファンデーションを厚く塗って隠していたのだと言う。

門が閉じられ、がらんとした会場のステージに立ったエドワードは敗北感に打ちのめされていた。

音楽の自由さを信じたステージで、選りに選って大統領の暗殺が実行されようとしていたのだ。正義と共感を信じていた自分が冷笑された気分だった。

「気を落とさないでください。エドワードさん」

立ち尽くすエドワードに岬が寄り添う。

「あなたが掲げた理想は立派なものです。こんなことで挫けてはいけません」

「しかしミサキ、レニも立派な演奏者なのに、暗殺に手を染めていた。音楽は人の心を浄化させてくれるんじゃなかったのか」

「音楽性と奏者の人間性は別個の問題です。たとえ音楽が満ち溢れていても、人の世から憎しみが消えることはないし、音楽が全ての人を救えるとは限りません」

無力感に打ちひしがれていると、岬はこれ以上ないほど優しい口調で語りかけてきた。

「音楽は無敵ではなく、完璧でもありません。でも暴力に対抗する力があります。それを信じて演奏している者が世界には数多存在し、裏切られても倒れても、尚立ち上がっているんです。エド、あなたもその一人なのです。目指していることは決して間違ってなどいません。それはレニさんも同じだったと思います」

「何故だ。彼女は死ぬ直前まで大統領を暗殺しようとしていたんだぜ」

「彼女の死顔が満足そうに笑っていたのを見ましたか」

「ああ、見た」

「大統領の暗殺は未然に防がれました。そしてレニさんは自分のパートを吹き終わった直後に亡くなりました。だから彼女は暗殺者としてではなく、クラリネット奏者として死んだのです」

「それが彼女の笑っていた理由だと言うのか」

「少なくとも僕はそう信じたいのです。彼女もまた僕たちと同じく志を持った音楽家だったのですから」

岬の言葉はすとんと胸に落ちてくる。死んだ本人に直接訊けないのなら、少しでも好意的に解釈してやるのが仲間というものだろう。

「また、新しいクラリネット奏者をハックしないとな。〈ラプソディー・イン・ブルー〉のツアーはまだ二十カ所以上も残っている」

その二十数カ所を訪ね終わるまでは、岬との協奏が続く。それはエドワードにとって何物にも代えがたい経験になるに違いない。

「なあ、ミサキ。君さえよければツアーが終わっても、しばらくアメリカに滞在しないか。君と一緒に弾きたい曲は、まだ山のようにあるんだ」

すると岬は申し訳なさそうに笑ってみせた。

「残念ですが、僕の有能過ぎるマネージャーが既に次の仕事を決めてしまいました」

「ああ、それは本当に残念だな。で、今度はどこで弾くんだい」

「モスクワらしいです」

初出

このミステリーがすごい！　中山七里「いまこそガーシュウィン」vol.1　二〇二二年十月
このミステリーがすごい！　中山七里「いまこそガーシュウィン」vol.2　二〇二三年一月
このミステリーがすごい！　中山七里「いまこそガーシュウィン」vol.3　二〇二三年四月
このミステリーがすごい！　中山七里「いまこそガーシュウィン」vol.4　二〇二三年七月

この物語はフィクションです。作中に同一の名称があった場合でも、実在する人物、団体等とは一切関係ありません。

〈次回、『とどけチャイコフスキー』にご期待ください。あ、間に『連続殺人鬼カエル男完結編』が挟まります。〉

中山七里（なかやま しちり）
1961年、岐阜県生まれ。『さよならドビュッシー』にて第8回『このミステリーがすごい！』大賞・大賞を受賞し2010年デビュー。他の著書に『おやすみラフマニノフ』『さよならドビュッシー前奏曲　要介護探偵の事件簿』『いつまでもショパン』『どこかでベートーヴェン』『もういちどベートーヴェン』『合唱　岬洋介の帰還』『おわかれはモーツァルト』『連続殺人鬼カエル男』『連続殺人鬼カエル男ふたたび』『総理にされた男』『護られなかった者たちへ』（以上、宝島社）、『嗤う淑女　二人』（実業之日本社）、『能面検事の奮迅』（光文社）、『ヒポクラテスの悔恨』（祥伝社）、『ラスプーチンの庭』（KADOKAWA）、『境界線』（NHK出版）、『復讐の協奏曲』（講談社）、『銀齢探偵社　静おばあちゃんと要介護探偵2』（文藝春秋）、『隣はシリアルキラー』（集英社）、『テロリストの家』（双葉社）、『毒島刑事最後の事件』（幻冬舎）などがある。

『このミステリーがすごい！』大賞　https://konomys.jp

いまこそガーシュウィン

2023年9月29日　第1刷発行

著　者：中山七里
発行人：蓮見清一
発行所：株式会社宝島社
〒102-8388 東京都千代田区一番町25番地
電話：営業　03(3234)4621／編集　03(3239)0599
https://tkj.jp
組版：株式会社明昌堂
印刷・製本：中央精版印刷株式会社

ISBN 978-4-299-04693-2